2

クラスで2番目に可愛い女の子と友だちになった

たかた ［イラスト］日向あずり

「真樹、お前ってすげえヤツだったんだな」
✦関望 —— せき のぞむ
野球部ではピッチャーを務める、
真樹のクラスメイト。
「そ、そう？」
✦前原真樹 —— まえはら まき
転校続きで友達の作り方を知らぬまま
高校生になるも、趣味が合う海と意気投合。
彼女が初めての友達に。

「真樹君のパンケーキぃ〜〜〜！」
「うふふ、その前に勉強ですよ〜」
✦天海夕 —— あまみ ゆう
誰もが認めるクラスNo.1美少女。
海とは小学校からの親友。
✦朝凪海 —— あさなぎ うみ
成績優秀で人当たりもよく、
男子からは『クラスで2番目に
可愛い女の子』と呼ばれている。

✦クリスマスパーティ！

「はあっ……っ、捕まえた」

「う……」

朝凪家から30メートルぐらいのところで、
海の手が俺の手首をがっちりと掴んだ。

引き寄せられた拍子に、俺と海の目が合う。

「……ばか。もう、顔ぐちゃぐちゃじゃない」

「……ごめん」

「いいよ。……ほら、こっちおいで」

Asanagi
真樹、クリスマスの思い出ってなにかある？

Maehara
ない

即答が過ぎるよ。もうちょっとなんか思い出そうよ

そう言われてもなあ……

あまみ
呼ばれた気がした！

いや、呼んでないけど

ぶ〜、いいじゃん。私も交ぜてよ〜

天海さん、どうも

えへへ、ども〜。で、クリスマスの話だよね？　私はいっぱいあるよ！

私とほぼ毎年やってたもんね

うん！
私の家でおいしいものいっぱい食べて、部屋で朝までずっとお喋りして
だから毎年楽しみにしてたんだけど、今年はちょっと我慢しないとね

どうして？　今年は都合が悪いとか？

あ、それ聞いちゃう？　んふふ、えっとね、実は海がｋｔ

……天海さん？

ごめん真樹、ちょっと夕と二人で大事な話するから

……そ、そうですか

クラスで2番目に可愛い女の子と友だちになった2

たかた

角川スニーカー文庫

23131

I became friends
with the second cutest girl
in the class.

目次

design work ✦ AFTERGLOW

illustration ✦ 日向あずり

ふと気づくと、テーブルを挟んで誰かと誰かが言い争っている。

――どうしてあなたはいつもそうなの、どうして何も言ってくれないの。

俺から見て左側に座っている人が、そう言って泣いている。

対して、向かい側の人は誰だろう。

目の前の人がずっと泣いているのに、ただただ何も言わず、黙ってその人のことをじっと見ている。

泣かないで、と俺は思い、泣いている人へと声をかけようとした。

どうしたの。泣かないで。何が悲しいのか、僕に教えて、と。

だが、どれだけ手を伸ばしても、その手が何かに触れることはない。

逆に、手を伸ばせば伸ばすほどその人は遠くに離れていき、慰めの言葉だけでもと思っても、なぜか思うように言葉が出てこない。

――仕方がないことなんだ。すまないが、わかってくれ。

そう言って、俺から見て右側の人がすっと立ち上がる。

とても背が高い人だが、いくら目をこらしても顔が良く見えない。

どこに行こうとしているの？　この人は泣いているのに、あなたは慰めもせずにどこに行っちゃうの？

でも、そう言おうとしたところで、やはり言葉が上手《うま》く出て来ず、その人を引き留めることはできない。

待って、行かないで。

俺の呼びかけにようやく気づいてくれたのか、その人は立ち止まって、俺の頭へと大きな手を伸ばして撫《な》でてくれた。

優しくて、大きくて、温かい手。

俺は、この手が大好きだった。

——ごめんな、真樹《まき》。

一通り俺の頭を撫でた後、その人は寂しそうな口調で俺の名前を呼んで、今度こそ俺の元から去っていく——


「————っ」

その瞬間、飛び起きるようにして俺は目を覚ました。

「夢か……」

ゆっくりと深呼吸を繰り返し、心臓の鼓動を落ち着けながら、先程まで見ていた夢のことを思い出していた。

ふとスマホを見ると、時間はまだ夜中の3時。夜更かし気味の生活なので、決して寝つきがいいほうではないけれど、一度眠りに落ちてしまえば朝まで起きることはほとんどないので、こうして夢にうなされて起きるのは、本当に久しぶりだった。

気づくと、上半身が汗でびっしょりとなっていて、肌着のシャツが背中に張り付いて気持ちが悪い。このままだと気になって仕方がないので、いったんスウェットを脱いで、クローゼットから新しいシャツを取り出し、着替える。

「高校に入ってからは、ずっと見てなかったのに……」

汗で濡《ぬ》れたシャツを洗濯機の中に放り込み、その後、冷蔵庫の前でミネラルウォーターのペットボトルをラッパ飲みして、俺は一人呟《つぶや》く。

「でも、そっか……今まで忘れてたけど、もう一年になるのか」

リビングに置かれたデジタル時計が、十二月の始まりを示していた。

今年のクリスマスイブをもって、俺の両親が離婚してから、ちょうど一年になる。

プロローグ

冬の平日の朝はとても憂鬱な気分になる。

まず、起きると寒い。昨日の夜、布団の中に入って、時間をかけてもっとも心地のいい暖かさにしたのに、そこから出なければならない。

学校に行かなければならないからだ。

勉強の成績は悪くないが、別に勉強が好きというわけでもない。学校では、クラスの皆が楽しそうにお喋《しゃべ》りしているのを横目に、机に突っ伏して寝たふりをするのが日課となっているが、それにも飽きると最終的にやることはもう勉強ぐらいしかない。

知り合いも友達もいない、その上やることも制限されている。だから家にいるよりもはるかに退屈だし、教室に一人でいるとなんだか肩身の狭い思いがして……そういうこともあり、俺は冬もそれほど好きではなかった。

……それが、ついこの間までの俺。

友達に出会う前までの。

じゃあ、今は、というと。

目覚ましに設定したアラームが鳴る五分ほど前に、俺はぱちりと目を開ける。

土日の休みが明けて、今日からいよいよ十二月。今年も残り一か月だが、街のほうはクリスマスに大晦日《おおみそか》、さらに正月の準備と一年でもっとも忙《せわ》しない一か月となるだろう。

出版社で働く母・前原《まえはら》真咲《まさき》も、この月が最も出社時間と帰宅時間の間隔が長くなり、親子で顔を合わせる時間が最も短くなる。

スマホを見ると、俺が起きる一時間ほど前に、

『(母)　しごと』

という三文字のみのメッセージが俺宛に送られていた。

いつもお仕事ご苦労さま、である。

「……寒いけど、そろそろ起きるか」

アラームが鳴るまであと少しあるが、昨日は夜更かしすることなく、しっかりと睡眠時間が取れたので、意外と意識はしゃっきりとしている。

あともう少しだけという甘い囁《ささや》きをなんとか振り切って体を起こすと、ちょうどタイミングを計ったかのように、俺のスマホが鳴った。

ディスプレイを見ると、そこには『朝凪海《あさなぎうみ》』という、馴染《なじ》みの名前が表示されていて。

「……もしもし？」

『お、ワンコールで出たね。おはよ、真樹《まき》。その声の感じだと、ちゃんと起きられたみたいだね。えらいえらい』

「まあ、昨日はちゃんと寝たし。……あと、モーニングコールありがとう」

『えへへ、どういたしまして。ちょっと早いけど、迎えにきちゃった。一緒に学校行こ？』

「うん。もしかして、近くまで来てる？」

俺がそう訊《き》いた瞬間、ピンポーンと家のインターホンが来客を告げた。

どうやらすでにマンションの一階まで来ているらしい。

「ドア開けたから、そのまま入ってきて。俺、顔洗ってるから」

『ん、おっけ』

ベッドから降り、入口と玄関のドアを開けた後、俺はそのまま洗面所へと向かって、顔に冷たい水を浴びせて、顔にまとわりついた眠気を洗い落とす。

「……髪のほうは、そんなにぼさぼさしてないな」

タオルで顔を拭き、鏡に映った自分の顔を見、櫛《くし》で軽く髪型を整える。

今までは水が冷た過ぎるからと顔もまともに洗わず、寝癖があってもお構いなしだったが、すでにこの行動も習慣化しつつある。

「お邪魔しま〜す。ふう、なんか今日は一段と寒いね。ねえ真樹、私、コーヒーがいい」

「入ってくるなり自由だな。まあ、俺も飲むからいいけどさ」

前髪の位置をちょいちょいと調整してから、俺は海の待つリビングへ。

寒かったのか、海はすでにコタツの中に入って、テーブルに置いているミカンを食べながら、リモコンでテレビのチャンネルをいじっている。海がこうして朝迎えに来てくれるようになってからまだ日は浅いものの、なんというか、もう完全に前原家に馴染んでいた。

「おはよう、海。はい、ご注文のコーヒー」

「ありがと。お、今日は意外とちゃんとしてんじゃん。寝間着は相変わらずダサいけど」

「これが一番あったかいんだよ。ってか、そっちだってこの前、これ着て寝てたくせに」

「ふふ、そういえばそうだったね。そのおかげで、私も真樹と同じの一着買っちゃったんだから。ねえ、ちゃんと責任とって？」

「なんの責任だよ」

「ん〜……慰謝料？　買った分の」

「あれ一着千円ちょっとなんだけど、責任にしては安い慰謝料だな」

「え？　誰が安い女だなって？」

「そこまでは言ってないんですが……」

くだらないことを話しつつ、家を出るまでの少しの時間を海と一緒に過ごす。

いつもは口下手な俺だけど、海と一緒にいると、頭でぱっと浮かんだ言葉をそのまま口にすることができる。

きっと海の話し方や聞き方が上手なのだろう。彼女と喋っていると、本当に、あっという間に時間が過ぎていく。

「お、いけない、もうこんな時間。真樹、そろそろ出なきゃ遅刻しちゃうよ。ほら、待っててあげるから、制服着ておいで。あ、よかったらお手伝いしたげよっか？」

「そこまで子供じゃないから……すぐ戻るから、コタツとテレビの電源落としておいて」

「うん。じゃあ、戸締りもしておくね」

海に家のことを任せている間、俺は部屋に戻って、ぱぱっと制服に着替える。

部屋の扉の向こうに女の子を待たせて、制服に腕を通す俺——よくよく考えてみると、中々あり得ない状況だ。

こんな仲だが、俺と海は、まだ『一応』恋人ではない。

「ちょっとずつ自分たちのペースで……とは二人で話したけど、答えはいずれちゃんと出さないと、だよな」

友達になって、そこから文化祭があって、天海《あまみ》さんとのこともあって。

それを一つずつこなしていくうち、俺たちの心の距離はどんどん近づいていって。

「真樹〜？　もう着替え終わった？　早くしないと置いてっちゃうよ〜」

「あ、悪い。すぐ行く」

色々と考え事は尽きないけれど、まあ、海とのことに関しては、あと少しだけ保留にしておいていいだろう。

大丈夫、今月は十二月。イベントごとが目白押しの季節。答えを出すタイミングはいっぱいあるのだから。

「お待たせ。そういえば今日、天海さんは？」

「夕《ゆう》はもう家出たって、途中で合流しようってさ」

「そっか。じゃあ、急がなきゃな」

忘れ物など何もないことを確認してから、俺たちは一緒にマンションを出た。

「……ね、真樹」

「なに？」

「あのさ、今日、寒い、よね」

「うん、寒い。……じゃあ、手でも握る？　天海さんと合流するまで」

「……ん」

今日は特別寒い日だからと言い訳しながら、俺と海はこっそりと指を絡ませ合う。

今までひとりぼっちだった俺に、友達が出来た。

それも、俺にはもったいないぐらいの可愛《かわい》い女の子。

皆は彼女のことを相変わらず『2番目に可愛い』なんて言うけれど、でも、俺にとっては。

友達と過ごす初めての冬が、本格的に始まろうとしていた。

1.『友達』との十二月

いずれ恋人同士になる、ということを前提としての友達付き合いをすることとなった俺と海《うみ》だが、これまでと何かが大きく変わったわけではない。

一緒にいる時間は、以前と比べると確実に増えた。今朝のように、海の都合が悪くなければたまに迎えにきてくれるし、帰り道も途中までは一緒なので、放課後は天海《あまみ》さんも含めて一緒に帰る。

二人きりで遊ぶ週末は、これまでと何ら変わりない。話す内容も、ピザの新商品がどうだ、あそこのコーラはスパイスを色々ぶち込み過ぎて逆に美味《おい》しくない、みたいな他愛《たあい》のないものばかりだし、二人でゲームをして遊んでいる時なども、

『あれ？　また勝っちゃったんだけど、これで俺何連勝だっけ？』

『は？　しねや』

などと、相変わらずの煽《あお》り合いで、大変穏やかな時を過ごしている。

二人で笑いながら映画を見て、ソファやベッドでゴロゴロしながら二人でマンガを読ん

で、眠くなったらそのまま寝落ちして、気づくといつもの帰宅時間ぎりぎりで慌てて海のことを家まで送っていったり。

あまりにもやることが同じなので、ふとした時に『俺たち、一応お互いに好き同士ではあるよな……？』とたまに不安になったりすることも。

（……やっぱり、キスぐらいはするべきだろうか）

俺はふと、隣にいる海の顔を……いや、海のぷっくりとした唇を見る。

――唇のほうは、ちゃんと恋人になってからね。

思い出されるのは、海に初めてキスされた（頬《ほお》に）時のこと。

不意打ち気味ではあったが、あの時、頬に感じた感触は、ほんの一瞬ではあったものの、しっかりと覚えている。

間近から香る海のほのかに甘い匂いと、そして、マシュマロみたいにやわらかで、でも、ちゃんと弾力のある湿った唇。

あれ以来、海の顔を見るとついつい唇のほうに目が行ってしまう。

「？　真樹《まき》、どうかした」

「！　あ、いや別に……」

ずっと見ていたことを海に気づかれて、俺は反射的に目を逸《そ》らす。

多分、海にはもう全部バレてしまっているだろう。俺は誤魔化《ごまか》すのがあまり上手《うま》くないし、海も海で、他人からの視線にはそれなりに敏感だから、俺の今の気持ちなど、なんでもお見通しだ。

だからと言って、海もそれについてははっきり追及したりはしてこないのだが。

「！　あ、真樹、そういえば今日リップ塗った？　唇、すごいガサガサだけど」

「あ～……そういえばちょうど切らしちゃってさ、まあ、別にいいかなって」

「もう、やっぱり。夏ならともかく、冬の乾燥してるこの時期に……そんなのダメ。真樹はただでさえ唇が乾燥気味なんだから、放っておいたらすぐに唇がひび割れだらけになっちゃう」

「そ、そう？　じゃあ、今日の帰りに薬局寄ってリップ買うから、とりあえず適当に舌で舐《な》めて……」

「それもダーメっ。言っとくけど、それで誤魔化してたら、いつか唇ぱっくり割れて血が出ちゃうんだから。ほら、こっち向いて」

「え？　なに？」

「なにって、そんなのリップ塗るに決まってるでしょ？　ほら、今日は私のリップ塗ってあげるから」

そう言って、海は制服のポケットからリップを取り出して、ごく自然に俺の唇へと近づけてくる。

どうやら海が塗ってくれるらしいが……周りにはまだ人はいないので、その点は大丈夫だが、それとは別に問題があるのでは。

「あのさ、そのリップって、もしかしなくても海が普段使いしてるやつだよな？」

「そりゃそうだよ。リップなんて、二本も三本も学校に持っていかないし……あ、ははん、もしかして真樹クンは、間接キスのことを心配していらっしゃるのかな〜？」

「うっ……そ、そりゃまあ……だって、俺たち——」

「そりゃっ」

「んむ——」

俺たちまだ友達なわけだし——と言う前に、海が問答無用でリップを俺の唇にくっつけてきた。

塗り忘れがないよう、口の端まで入念にぬりぬりと。

乾燥していた俺の唇が、徐々に潤いを取り戻していく。

「……はい、これで大丈夫っと。あ、あと、帰りにおすすめのヤツ紹介するから、放課後は一緒に帰ろうね。週末じゃないからって、私置いて勝手に帰っちゃダメだよ？」

「わ、わかったけど……でも、よかったのか？」

「ん？　なにが〜？」

いたずらっぽい顔で、俺の顔を覗《のぞ》き込んでくる海。

くそう、海のヤツ、あくまで全部俺に言わせるつもりだな。

「か、間接……だよ。さっきも言ったろ」

「あ〜、そのこと。それなら別に気にしないよ？　だって……」

そう言って、海はポケットからもう一つ、同じリップを取り出した。

「真樹に塗ってあげたの、新品のやつだし」

「……え？」

新品、ということはつまり、まだ誰も使っていないということ。

当然、間接キスも成立しないわけで。

「な……だって、さっきは二本も三本も持ち歩かないって」

「だらしない真樹のことだからもしかしたら……って思ってね。ふふっ、私が使ってるリップだと思って、ドキッとしちゃった？」

「いや別に……どうせそんなことだろうと薄々勘付いてたけど？」

「へ〜？　ふ〜ん？　そんなこと言って、本当は『これが海の唇の味かっ……！』とか思ってたんじゃないの？」

「いやいや、俺そこまで変なヤツじゃないし……」

海の言う通り、正直ちょっと思ってしまったが、これ以上からかわれるのがなんとなく癪《しゃく》で、つい強がってしまう。

「そう？　んじゃ、今日のところはこのへんにしておいてあげる。あ、コレは真樹にあげるから、しばらくの間はそれで定期的に唇のケアをしておくこと。いい？」

「む……はいはい、わかりましたよ」

「ふふん、よろしい。じゃあ、ちょっと歩くスピード上げよっか。夕《ゆう》、もう待ち合わせ場所に着いちゃったって」

「あ、うん」

海との付き合いがより親密になったのは嬉《うれ》しいけれど、今まで以上に海の手のひらで転がされているような。

「あ、ねえ真樹」

「？　今度はなに」

「もうちょっと仲良くなったら、二人で一緒のリップ、使おうね？」

「えっと……それはつまり」

「……うん」

同じ種類のものをそれぞれ使うのではなく、二人で一つのものを使うという。

「真樹は、そういうの、ダメな人？」

「いや、俺は別に……その、海が嫌じゃないんだったら、いいけど。そういうの、特別感があっていいというか」

「そ、そう？　ならよかった……えへへ」

そうはにかんだ海は、恥ずかし紛れに俺から手を放して、遠くで手を振っている天海さんのほうへ駆け足で向かっていく。

そしてやっぱり、先日の頬キスの時と同じように、海の顔は耳まで真っ赤になっていて。

「……ああ、もう」

海からもらったリップを握りしめて、俺は改めて思う。

俺の『友達』、大分ずるいし、それに、とても可愛い、と。

海という親しい友人が出来て以来、退屈な日常にも少しずつ変化が訪れていたが、それは学校内にも影響を及ぼしていた。

具体的に言うと、海以外のクラスメイトとの関係性である。

「おっはよ〜、海！」

「はいはい、おはよう夕。相変わらずこれで今日二度目のやり取りだね」

教室に着くなり、俺たちと一緒に教室に入った天海さんが海へと抱き着く。

文化祭前後で一時はぎこちない関係になってしまった二人だったが、お互いの気持ちを正直にさらけ出し、謝罪し合ってからは、それまで通りの仲睦《なかむつ》まじい関係に戻っている。

太陽みたいな満面の笑顔で海に甘える天海さんと、そんな親友に呆《あき》れながらも、満更でもない顔で存分に甘えさせている海。

ウチのクラスの雰囲気は、この二人次第で暗くも明るくもなるので、もしできれば、クラス替えでバラバラになるまではこのままでいて欲しいと思う。

「おはよ～夕ちん、それから朝凪《あさなぎ》も」

「あ、ニナち、おはよ～」

「おはよ新奈《にな》」

「んで、委員長も。おはよ」

「お、おはよう……」

先に教室に来ていたらしい新田《にった》さんと挨拶を交わすが、一つ引っ掛かることが。

「新田さん、その『委員長』っての、なに？　俺のことだよね？」

「え？　うん。文化祭で実行委員やってくれたから、委員長。当然じゃん」

「いや当然じゃないし。それに俺、リーダーになったつもりもないんだけど……」

特に問題なく文化祭を終えたわけだが、俺たちのクラスの展示物は校内の生徒たちにも中々の評判を見せ、文化祭終了後の全校集会で特別表彰されたのだ。

その証拠として、教室の隅に生徒会長から渡された賞状とトロフィーが飾られているのだが、その功績もあり、クラスメイトの俺を見る目が少しずつ変わりつつあった。

しかし、だからと言って『委員長』というあだ名はどうだろう。

普通に『前原《まえはら》』呼びでいいと思うのだが。

「ま、細かいことはいいっしょ。とにかく、これからはちょっとずつ絡んでこーねってことでよろしく。でさ、委員長、さっそく聞きたいんだけど、朝凪とは最近どう——」

「新奈〜?」

「っ……いやいや朝凪さん、ちょっとした冗談じゃないすか、冗談。だからほら、アイアンクローのほうはおさめてもろて……」

「……まったくもう」

恋人繋《つな》ぎ事件以降、もう少し冷やかされるかと思ったが、海がクラス中に目を光らせているおかげか、視線は感じつつも、比較的穏やかな時を過ごさせてもらっている。

「じゃ、じゃあ前原、私たちこっちだから」

「う、うん。朝凪、それじゃあ、また後で」

俺たちの関係は知れ渡ってしまったわけだが、クラス内での付き合い方も、これまでとそう変わらない。

学校ではわりとドライに、しかし、二人でいるときはしっかりと仲良く。

まあ、それでも、先程の新田さんと同じく、積極的にいじってくる人もいるわけで。

「……んふふ～」

「……夕、なんか言いたそうじゃん」

「べっつに～」

俺たちの内情を特に深く知っている天海さんは、友人二人のそんな様子を見てニヤニヤとしている。

海が常に目を光らせていても、天海さんの行動だけはどうにも縛ることができない。というか、もう諦めている。

俺と海の仲が深まり、一緒にいる時間が増えたことで、その分だけ海にかまってもらえる機会が減った天海さんだったが。

最近、とある『楽しみ』を見出《みいだ》したようで。

「海、なんでそんなに真樹君によそよそしいの？　もしかして、なんか恥ずかしいことでもあった？」

「は、はっ？　べ、別になにもないし」

わかりやすく狼狽《うろた》える海。

海との仲が深まってからというもの、この前の頰《ほお》キスだったり、リップの件だったりと、二人きりの時はどう考えても友達とは言い難いようなじゃれ合いばかりなので、心当たりがあり過ぎる。

「あれれ？　海、どうしたのかな？　なんだかいつもより顔が赤いですよ～？」

「さ、さあ……そ、そうだ。きっとエアコンのせいじゃない？」

「ふふっ、海ってば可愛《かわい》いっ♪」

「くっ……こ、このタコ助……！」

本当に良いご趣味をお持ちになったようで。

少々じゃれ合い（というか半分取っ組み合い）がヒートアップしつつある二人と離れて自分の席につくと、いつものように、俺のポケットの中のスマホが震えた。

『(朝凪)　今のは違うから』

『(前原)　かわいいよ、海』

『(朝凪)　おまえもしにたいらしいな』

『(前原)　ごめんなさい』

『(前原)　ところで、話は変わるんだけど』

『(朝凪)　ん？　なに？』

『(前原)　いや、別に大した話じゃないんだけど』

『(朝凪)　うん』

『(前原)　その……クリスマスの話、なんだけどさ』

　十二月になってからずっと気になっていたことを俺は切り出す。

　今のところの予定だが、クリスマスイブに、俺は海に告白をしようと思っていた。

　もうしばらく友達でいたいと一旦答えを引き延ばしたわけだが、そんな中でも、日に日に彼女のことを考える時間が多くなっていて。

　……しっかりと気持ちを伝えて、海とちゃんとした恋人になりたい。

　クリスマスに告白だなんてありきたりすぎるかもしれないけれど、だからと言って変なタイミングで告白するのも空気が読めない気がして。

　両親のこともあり、クリスマスにいい思い出が少ない俺ではあったものの、いつまでも引きずって海に気を遣わせたくもない。

　だからこそ、このタイミングでいい思い出を作っておきたくて。

　海からの返信を待っていると、少ししてから、一言だけ返ってきた。


『(朝凪)　……えっち』

『(前原)　なぜそうなる』

『(朝凪)　だって、クリスマスのお誘いでしょ？』

『(朝凪)　真樹の部屋で一緒に過ごそうって』

『(前原)　まあ、そうだけど』

『(前原)　親は仕事で忙しいからいないし、何も気にせずゆっくりできるかなって』

『(前原)……確かにそういうことする人たちも多いとは思うけどさ』

実際そういうデータもあると、どこかで耳にしたことがある。

恋人たちが過ごす聖夜……それが俺と海にも該当するかどうかはわからないけれど。

『(朝凪)まあ、それは冗談として。何かやるの?』

『(前原)海が来るんだったら、ケーキぐらいは作ろうかなって』

『(朝凪)マジ? 真樹、ケーキ作れるの?』

『(前原)まあ、材料とか調理器具はあるし』

『(朝凪)え、真樹って異星人だったたっけ?』

『(前原)いや地球人』

俺からすればチョコから木炭のようなものを錬成(※天海さん談)する朝凪のほうがよほど異星人だが。言ったら怒るので言わない。

『(朝凪)真樹の手作りか〜、それなら予定を入れたいところではあるけど』

『(前原)……あるけどってことは、もう予定埋まってたりする?』

『(朝凪)うん。もう大分前に話があって』

『(朝凪)ってあれ? 真樹、クリスマスのパーティのこと、知らなかったっけ?』

『(朝凪)ほら』

……パーティとは。

今度は俺の返信がしばし止まった。

クリスマスのパーティについて。

海の話によると、夏休み前から話が進んでいたそうで、市民ホールの一部屋を貸し切って、ウチの高校も含めた周辺の高校と合同で、親睦も兼ねてそういう催しをやるらしい。

企画・立案は城東《じょうとう》高校——つまりウチの高校だが、発案者はその生徒会の会長だった。受験シーズン真《ま》っ只中《ただなか》の先輩たち三年生に、ほんの少しでも息抜きをして楽しんで欲しいと企画したそうだ。

ちなみに参加費は三千円で、そして、とっくの前に参加は締め切られている。

そういえば二学期の始業式の日に、そんな話が先生からあったような気がする。だが、その頃の俺はというと、海に見つけてもらう前の、さらに一人ぼっちをこじらせかけていた時期だったから、

『自分には関係ない』

と全く話を聞いていなかったのだ。今思えば、俺はなんてバカなことをやってしまったのだろう。

ということで、クリスマスの海の予定は早くから埋まっていたらしい。

『(朝凪) といっても、あくまで私は夕の付き添いなんだけどね。それに、今となっては

私も夕もそこまで楽しみってわけじゃなくなっちゃった』

『(前原) 天海さんも? 天海さんってそういうイベント大好きなイメージあるけど』

『(朝凪) うん。本来は大好きだし、楽しみにしてたよ。でもさ』

『(朝凪) 今回のパーティ、参加校の中にいるんだよね』

『(前原) どこが?』

『(朝凪) 橘《たちばな》女子』

『(前原) ああ……』

それでなんとなく察した。

そこは中学時代まで二人が過ごしていた学校で、海にとっては特に因縁深い場所だ。

そこが参加しているということは、あの二人も来る可能性があるということだろう。

ウチの文化祭に来ていた、二取《にとり》さんと北条《ほうじょう》さん。

天海さんと海にとっての、もう二人の幼馴染《おさななじみ》。

文化祭後、あの二人とどうなったのかは訊《き》かなかったが、海の口ぶりから察するに、あれ以来、きっと疎遠になってしまったのだろう。

俺と海の心の距離が一気に近づいたのは文化祭のおかげだが、もちろん、その代償として失ったものもある。しかも、その代償を払ったのは、もともと彼女たちと溝があった海ではなく、何も知らなかった天海さんだ。

どうしようもなかったとはいえ、それについては、俺も海も申し訳ないと思っている。

『(朝凪) で、参加費はもう払っちゃったし、キャンセルも極力やめてくれって話だから、まあ、二人で料理いっぱい食べて帰ろうって話はしてるんだけど』

『(朝凪) ってことで、夕方から夜にかけてはそんな感じというか』

『(前原) そっか。それなら仕方ないな』

予定が埋まっているのは残念だが、参加をキャンセルしたらしたで主催の生徒会にも迷惑が掛かってしまうので、そこは仕方ない。

『(朝凪) あ、でもさ』

『(前原) なに？』

『(朝凪) その、パーティが終わる時間、夜の8時とか9時なんだよね。遅くても』

『(朝凪) だから、その、ね？』

パーティが終わるのがその時間。

つまり、それ以降の時間はまだ空《あ》いているということだ。

『(前原) わかった』

『(前原) じゃあ、一応、軽めのものは用意するよ』

『(前原) あと、ウチの母さんにも少し遅くまで遊ぶって連絡しておく』

『(朝凪) よろしく』

『(朝凪) 私も、お母さんに連絡するね』

『(朝凪) もしかしたら、その』

『(前原) ……もしかしたら?』

『(朝凪) その』

次の、海からのメッセージを見た瞬間、とくん、と不意に胸が鳴る。

『(朝凪) 帰り、もしかしたらかなり遅くなるかもしれないって』

それは、家族や友人、もしくは恋人など、自分が大事に思っている人たちと過ごす日
……だと思う。

クリスマス。

そして、その夜は。

ふと、顔を上げて、ちょうど俺と対角線上の位置に座っている海のほうを見ると、ちょうど図ったかのように、海と視線がばっちりとかち合った。

「……!」

その瞬間、頬がかあっと熱くなって、反射的に机に突っ伏してしまう。

ちらりと海の様子を窺《うかが》うと、海も俺とまったく同じ反応を見せていた。

『(前原) えっと……えっち?』

『(朝凪) う』

『(朝凪)　うるさいバカ』

『(朝凪)　いじわる』

『(朝凪)　元はといえば、そっちが悪いんじゃん』

『(朝凪)　いきなりクリスマスのお誘いなんかしてくるから』

『(前原)　そりゃ、そういうこと全く考えてないといえば嘘《うそ》になるけど』

一応、俺も俺で密《ひそ》かに考えていることは、もちろんある。そして、正直に言ってしまえば、良からぬ想像もして、悶々《もんもん》とした時間を過ごしてしまったことも。

というか、俺たち、朝っぱらからなんてやり取りをしているのだろう。

こんなの誰かに見られたらと思うと、途端に恥ずかしくなってくる。

『(朝凪)　とりあえず、クリスマスの話はいったんやめ』

『(前原)　そだな』

『(前原)　でも、そうなると天海さんがちょっと可哀想《かわいそう》だな』

『(朝凪)　うん。それは私も思ってる』

『(朝凪)　だから、もしかしたら夕も一緒に連れていくかも』

むしろそちらのほうがいいかもしれない。海は俺の家に行って、天海さんは除《の》け者《もの》みたいになるのは、俺も海も望んではいないから。

『(前原)　天海さんには頭が上がらないよな、本当』

『(朝凪) だね』

『(朝凪) 夕ってば、外見以上に心も天使なんだもん』

『(前原) 最近も色々と面倒事が多いのに』

『(前原) 面倒事？』

『(前原) 文化祭の時以降、何かあったっけ？』

『(朝凪) うん』

『(朝凪) ヒント：クリスマス』

『(前原) ⁉』

『(朝凪) まあ、答えはすぐにわかると思うよ？』

『(朝凪) 今日の昼休み、ちょっと顔貸して。一緒にご飯食べよ？』

『(前原) うん。いいけど』

そこでいったんやり取りを打ち切って、俺と海はスマホをポケットの中にしまいこんだ。

「海、どしたの？　なんか顔赤くない？」

「ちょっとね。ところで、今日の放課後二人で遊ばない？　ちょっと話したいことがあるんだけど」

「もちろん！　えへへ、どんな話だろ？　楽しみだな～」

教室での天海さんの振る舞いに特に変わった様子は見られない。

助けられることがあるのなら、俺もそれとなく協力してあげようと思うが。

そうして、昼休み。

「あ、朝凪」

「うん。今教科書とか片付けるから、ちょっと待って」

約束通り、俺は海の席へ向かって、彼女へ声をかけた。

俺と海は友達だし、クラスの中ではすでに暗黙の了解のようになっているので、問題はないはずだが、こうして人前で話しかけるのは、まだちょっと緊張する。

「お待たせ。じゃあ、外行こうか。……新奈、アンタもどうせ来るでしょ？」

「そりゃ当然でしょ」

海に呼ばれた新田さんが、にやりと笑う。

今日のお昼は、俺と海、天海さん、そして新田さん（なぜか）を入れた四人。正直に言うと新田さんはそれほど得意ではないタイプの女の子だが、海や天海さんが間にいてくれれば、それほど気を遣わず話せるようになってきている。

親しい友達は海一人で十分だと思うものの、クラスに属している以上は、海や天海さん以外の人たちとも、積極的にではなくても、多少は交流しておくべきだ。

もちろん、女子だけではなく、男子とも。

「よし。それじゃ、行こっか」

「うん。天海さんとは後で合流だっけ？」

「だね。これから迎えにいくんだけど」

海いるところに天海さんありなのだが、現在、その天海さんは教室にいない。

午前の授業が終わった後、海になにやら告げて、一人でどこかへ行ってしまったのだ。

これがいつもだと、休み時間になる度『海～！』と人懐っこい犬のように親友へとくっついてくるのだが。

理由は……だいたい予想がつく。

天海さんがいたのは、日中は生徒がいない駐輪場の、そのさらに目立たないところ。

俺たちの間で『告白スポット』と有名な場所。つまり、いつものところだ。

「最近人の告白を覗《のぞ》くことが多いな……」

海や新田さんと一緒に物陰に隠れた俺は、少し離れた場所にいる天海さんと、それから上級生と思われる男子生徒の様子を眺めていた。

「覗きなんてあんまり良くない気がするけど……天海さんはこのこと知ってるの？」

「うん。ちょうどいいタイミングで来てほしいって夕から頼まれてるし」

「え？　そうなの？」

「そうだよ。委員長知らなかったん？」

いつものようにスマホを構えている新田さんが答える。

悪趣味であるはずの覗きに海が参加している時点で疑問に思っていたが、この件については、三人の間できちんと共有している話らしい。

「友達みんなで押しかければ、断ってもしつこく食い下がってきたりとか、他の面倒なことも起こりにくいしね。まあ、告白の返事を受ける方もこうやって、助け合う？　っていうか……まあ、色々考えてるわけよ」

「新奈、アンタはただ覗きたいだけでしょ」

「心外な。もし夕ちんに何かあった時、先生とかにチクる時の証拠が必要じゃん？　私もそこらへんの分別はきちんとしてるワケよ」

「……じゃあ、私と真樹が手繋《つな》いでる時のヤツは消してよ。アレは関係ないじゃん」

「そんなにお願いするなら別に消してもいいけど、アレ、私以外にも撮ってる人ら多いと思うから、きっと無駄じゃない？　まあ、悪いようには使わないから、そこは勘弁してよ」

予想はしていたが、やはりあの恋人繋ぎの様子はばっちり出回っているらしい。

そう考えると恥ずかしいが、それ以降、海が誰かから告白を受けるようなことはぱったりと無くなったので、個人的には悪くない効果だとも思う。

好きな人が自分の知らない誰かに告白されているというのは、たとえ海がそんなものに靡《なび》かないのを知っていたとしても、やはり多少はもやもやしてしまうもので。

まあ、海に告白する人がいなくなった分が、こうして天海さんに殺到してしまっているらしく、そこは心苦しかったり。

『……あの、もしよかったら、今度のクリスマスパーティ、俺と一緒に……』

『——ごめんなさい。パーティは友達と行くつもりですし、それに……えっと、す、好きな人もいるので』

先輩には気の毒だが、結果はもちろん撃沈である。

内情を知っているのは俺と海だけのため知るべくもないが、天海さんは今のところ、海との関係修復を最優先にしていて、仲の良い異性の友達を作る素振りはまったく見せていない。当然、好きな人がいるというのも嘘だ。

天海さんにとっては、親友の海が何よりも1番で、それから大分離れた2番目3番目で俺含めたその他大勢なので、もし天海さんと本気で交際したいと思うのであれば、今はとにかく待つしかないと思う。

ただ、待ったところで、天海さんが誰かに対してOKを出すところなんて想像できないのだが。

「ほら、そろそろ出ますよ実行委員カップルのお二人さん。それともそこで二人でもうちょいイチャイチャしたい？」

「するかっ。……ほら、真樹も。ぼやっとしてないで一緒に来る」

「あ、うん」

尻に敷かれてるね～、という新田さんの言葉は無視して、俺と海は二人並んで、偶然を装って天海さんのもとへ。

「夕、そんなところでどしたん？　お昼まだなら、私たちと一緒に食べない？」

「海！　あ、うん。ちょうど今終わったところだから」

俺たちの姿を見た天海さんが、花が咲いたような明るい笑顔でこちらに向かってくる。

（ありがとね、海。それに、ニナちと真樹君も）

互いに目配せし合って、先輩が気まずそうにしている隙にさっさと四人で退散することに。人気の少ない駐輪場から離れて、人が多く賑《にぎ》やかな中庭のベンチに腰を下ろした瞬間、それまで緊張気味だった天海さんの顔がようやく緩む。

「ふ～、とりあえず一安心」

「お疲れ様。……天海さん、大変そうだね」

「ううん。こんなの、何でもないよ。ちょっと面倒なのは確かだけど、こういうのはもう慣れっこだし。それに、忙しいのは今だけだから」

天海さんの話によれば、実は文化祭の時から、ちょくちょく呼び出されては似たようなことを繰り返していたらしい。

その時は、クラスの皆の指揮で忙しかった海に代わって、主に新田さんが割り込み役を買って出ていたらしい。

文化祭の作業では足を引っ張りがちな新田さんだったが、裏ではちゃんと友達のために頑張っていたようだ。

なんだかんだで、天海さんと海が友達付き合いを継続している理由がわかる気がする。

クラスの隅で眺めているだけでは、やはりわからないことも多いものだ。

「あ、ところで海、放課後なんか話あるって言ってたけど、あれって何のこと？　もしかして、二人きりじゃないとマズい感じ？」

「え？　ううん、新奈がいなきゃ話せるんだけど」

「は？　露骨にハブんなし！　ねえ、委員長もなんか言ってやってよ」

「はは……俺は気にしないから、話してくれていいよ」

「そう？　真樹がそう言うなら……」

露骨に聞き耳を立てる一人を気にしつつ、海は、クリスマスパーティが終わった後のことについて天海さんに話す。

当然、俺たちの提案を天海さんが断るはずもなく。

「む、むむむ……ウチのクラスの美少女ツートップが、クリスマスに陰キャの委員長の家になんて……くそ、なんて面白そうな……ぐぬぬ……しかし……」

「あれ？　珍しいね。新奈がこの話に乗ってこないなんて。だから話したくなかったのに」

「あ〜……うん。実はその日さ、私、彼氏と約束あるんだよね」

「「「え？」」」

彼氏。

新田さんも確かに可愛くはあるけれど、そんな人いたのか。

「あれ？　言ってなかったっけ？　私、文化祭の時に先輩に告られたんだけど」

海と天海さんの二人がぶるんぶるんと首を振る。もちろん、俺が知るはずもなく。

ということで、昼休みの残りの時間は、新田さんのわりとどうでもいい自慢話を聞かされるのに費やされた。


クリスマスの予定は決まったので、後はその日が来るのをのんびり準備しながら待つだけ——と思ったが。

時間は、海たちとの昼休みが終わった直後。本当にすぐのことだが、予想外のところから面倒事が舞い込んできた。

「あ、あのさ。ちょっといいか？」

「え？」

五限目が移動教室のため、教科書を持って外に出た俺だったが、その直後、同じクラスの人に呼び止められた。

振り向くと、そこには俺の頭一つ分以上は身長差があるだろう、大柄な男子生徒が立っている。

「前原……一応訊《き》いとくけど、俺の名前、わかるよな？」

「そりゃまあ……同じクラスだし。関《せき》君」

彼の名前は関望《のぞむ》。野球部に所属していて、ポジションはピッチャー……だったと思う。こうして彼と話すのは初めてだが、彼がつるんでいる男子グループの声がでかいので、そういう情報も自然と耳に入ってくる。

「それで、俺に何の用？　教科書貸してくれ……みたいな話じゃないよね？」

「お、おう。教科書は全部ロッカーに置いてるから忘れ物は……あ～、いや、俺がしたいのはそういう話じゃなくてだな、もっとこう、別の話で……」

「？　はあ」

いつもはもっとはっきりと物を言うタイプだと思ったのだが、今は緊張しているのか、途中で度々言葉に詰まったり、俺から目をそらしてボソボソと呟《つぶや》くように喋ったりで、まるで鏡に映る自分と喋っているような気分になる。

話しかけられた瞬間は驚いたものの、ここまで目の前であがっている様子を見せられては、逆にこちらのほうが心配になってしまう。

どうしたものかと俺が困っていると、その様子を遠くで見ていたのか、新田さんがこちらに近づいてきた。

「ん～？　ねえ、関。アンタ、委員長に何してんの？　高校生にもなってイジメとか、そういうの良くないと思いまーす」

「げ、新田……ち、ちげーって。俺はただちょっと前原に用があるだけでそんなつもりは全く……前原、面倒なのに絡まれちまったから、とりあえずこの話は放課後……できれば野球部の部室棟の裏に来てほしいんだけど……」

「部室棟～？　裏～？　ますます怪しいな～」

「だからちげーって！　な、前原、頼む。来てくれたらジュース奢《おご》ってやるから」

「え、えーと……」

今まで話したことのないクラスメイトの男子。そして、急なお願い。

普通に考えれば、新田さんが言ったように話を引き受けるべきではないのだろう。

しかし、関君が俺のことを騙《だま》して何かしてやろうと思っているとも考えにくい。

さて、どうしたものか。

海に相談したいな、とふと思ったが、今日の海は天海さんと一緒に日直のため、この後の授業の準備で今はもう教室にはいない。

「……うん、わかった。じゃあ放課後に部室棟で。裏手のほうって、野球部の用具入れの近くでいいんだよね？」

「！　お、おう。今日は俺がボール磨きとか備品手入れの当番だから、そのついでに話を聞いてくれると嬉《うれ》しい。あ、もちろん手伝ってとかそういう話でもないから安心してくれ」

「え？　おいおい、委員長ってばいいの？　こんなヤツの言葉真に受けちゃってさ。現場についた途端、物陰から他の部員がわらわらと出てきて真っ裸に剝《む》かれても知らないよ？」

「いや、それはさすがにない……ないよね？」

「……あのな、お前ら俺のことといったいなんだと思ってんだ？」

新田さんに便乗する形で少し調子に乗ってしまったが、この様子なら関君のことを信じていいかもしれない。

「ところで関君、その、話っていうのは？　詳しくは後で聞くけど、俺にお願いなんてするぐらいだから、よっぽどのことだよね？」

「あ、ああ……でもその前に、そこのスピーカー女からは離れようぜ」

「うん。ごめん、新田さん。そういうことだから……」

「…………」

「あの〜、『はい』か『いいえ』でいいから返事して欲しいというか」

「うん」

この人は……あくまで聞き耳を立てるつもりらしい。どれだけアンテナを張らなきゃ気が済まないのだろう。

「……わかった。じゃあ、ちょっと朝凪に連絡を」

「うげっ……わ、わかりましたよ。消えればいいんでしょ、消えれば。委員長のケチ」

しかし、俺が絡んだ時の海の怖さを知っているので、ぶうたれながらも俺たちの前からさっさと離れていく。

新田さんが悪い人ではないのは百も承知だが……なんというか、色々と惜しい人である。

「……でさ、用件なんだけど」

「あ、うん。なに？」

周りに人がいないことを確認してから、俺は関君の話に耳を傾ける。

「その……天海さんのことで、ちょっと相談が」

「……ああ」

関君がなぜわざわざ俺なんかに話しかけてきたのか――理由は明白だった。


そこから一日の授業を終えて、放課後。

約束通り、俺は一人で指定されたグラウンドの敷地隅の部室棟へと向かう。

こういう場所に来るのは何気に初めてだが、思っていた以上に人が少ない。関君の話によると、このぐらいの時間だと運動部の人たちはウォーミングアップで学校の敷地の外周をランニングしていることが多く、意外と内緒話をするには適しているのだとか。

「よ、よう。来たな。ほれ、約束の」

「ん、どうも」

関君から投げ渡されたパックのヨーグルト飲料をキャッチし、すぐ近くに置いてあったパイプ椅子に腰かける。

「ごめんな前原。改めて、急にこんなところに呼び出したりして。帰り、朝凪と一緒に帰る予定だったんだろ？」

「まあ……でも、ちゃんと許可もらってるから大丈夫。あ、どんな話かはちゃんと秘密にしてるから、そこは安心して」

ここに来る前、海にはこっそり事情を説明して許可をもらい、今日のところは天海さんと先に帰ってもらうように言ってある。

元々今日は新しいリップを買いに一緒に店に行く約束だったのだが、それについては、今日の朝に海からもらったリップをちゃんと塗ってくることと引き換えに、予定を一日ずらしてもらったのだ。どんな話をするかについても、『聞かなかったことにする』と秘密にしてくれた。

まあ、もしかしたら、告白の時と同様、新田さんたちと一緒にどこかの物陰で見ているかもしれないが……その時はその時で一緒に帰ればいい。

「で、関君。天海さんの話ってことだけど、その、」

「やっぱりわかるか？」

「大体は。恋愛相談、みたいな感じでいいんだよね？」

「……うん」

図星のようで、関君はその顔と体格に似合わず、恥ずかしそうに体を縮こまらせて、小さく頷《うなず》いた。

……どうやら、俺が思っている以上に、関君は真剣なようだ。

まあ、だからこそ俺にわざわざ話しかけてきたのだろうが。

「……入学式の日にさ、最初に天海さんのこと見た時、俺、しばらく頭の中が真っ白になったんだ。中学時代の時も可愛《かわい》いなって思う女の子とかは何人かいたけど、それでも付き合いたいとか、そういう風に考えたことはなかった。俺、結構野球バカでさ、恋愛とかよりも、球速を上げるにはどうするか、とかそんなことばっかり考えてて……」

しかし、高校の入学式、そんな一人の野球少年も、天使みたいな容姿の女の子に魅了されてしまった。

海の話によると、天海さんの存在は、入学式直後からあっという間に学校の男子たちに広まったらしいから、関君同様、一目ぼれした人は多かったのだろう。

そして、その恋が成就した人は、今のところ一人としていない。

「最初の内はただ遠くで見てるだけでよかったんだけどさ……でも、もう十二月だろ。後四か月もしたら二年生で、天海さんと同じクラスになれないかもしれない……だから、その前にせめて自分の気持ちを伝えときたいなって」

「……告白だけなら今すぐにでもできると思うけど」

「ああ、そうだな。そうなんだけどさ……」

お前も意地悪だな、と言いつつ、関君は続ける。

「でもさ、いきなり告白したところで、あの天海さんがＯＫしてくれるわけもない。前原、お前ならわかるだろ？」

「……だね。関君の言う通りだと思う」

今まで何の面識もない、面識があってもそれほど仲が良いわけでもない状態で告白しても、ほとんどは失敗してしまう。

告白は単なる確認作業でしかない、という話はよく耳にする。友達関係からスタートして、その過程で少しずつお互いの考え方に共感し、一緒の時間を過ごすことに楽しさや安らぎを得て、『もうこれぐらいでいいだろう』となった時、初めて告白というのは成功するのだと思う。

俺と海だって、一応は、そのパターンに沿った友達付き合いをしているつもりだ。一緒に登下校したり、その途中で手を繋《つな》いだり……すでに恋人同士がするようなものも一部ある気がするが、それはそれ。

「前原、まどろっこしいのは面倒だから、単刀直入にお願いする。まあ、俺がお前に話しかけた時点で察してるとは思うけどさ」

「まあね。でも、一応訊いておくよ」

「わかった。それじゃあ……前原、俺と友達になってくれ。そして、天海さんとの仲をとりもってくれるよう、朝凪にも言って協力して欲しいんだ。具体的には、イブの日にやるクリスマスパーティに、お前の友達っていう体で、俺も一緒に誘ってほしい」

やはり、考えていた通りだった。

今まで『クラスの隅にいる日陰者』だったはずが、文化祭後、海との仲が知れ渡ってからは『クラスのアイドルの、その親友と仲の良い男友達』へ。

俺の中では、天海さんは『友達の友達《うみ》』でしかないし、逆に天海さんも俺のことは『親友の友達《うみ》』としか思っていない。だがそれでも、天海さんとなんとかしてお近づきになりたい人たちにとって、突然現れた俺という存在は、一筋の光となったに違いない。

俺と仲良くなることで、天海さんと『友達の友達』という関係で繋がることができれば……そう考えたから、関君は俺に接触してきたわけだ。

だからこそ、関君のお願いに対して、俺ができることは一つ。

「……ごめん。そういうことなら、俺は断らせてもらうよ」

俺へ頭を下げた関君のお願いを、俺はきっぱりと断る。

というか、そうするのが当然だった。

クラス内では一見して今まで通りの天海さんだが、実際のところは、文化祭前後に出来た海とのわだかまりがまだどこか残っていて、その修復のために頑張っている途中だ。

そんな時、俺が外から関君という『友達』を呼んできたらどうなるか……優しい天海さんは、大丈夫だよ、と言ってくれるかもしれないが、内心はきっと困ってしまうはずだ。

天海さんだけではない。天海さんと同じように、親友との溝をなんとか元通りにしようと頑張っている海だって。

俺が今、一番大事に思っているのは、当然ながら海だ。

俺にとって初めての『友達』で、そして、今はそれ以上の感情を抱いている女の子。

だから、俺はこのお願いを受けることはできない。

「ってことで俺はこれで帰るけど……他になにかある？」

「あ～……いや、ねえな。そっか……まあ、やっぱ無理だよな。今までずっと気にかけてきたならともかく、いきなりだし。今さらなんだこのクソ野郎、だよな。俺だってお前と同じ立場だったら、絶対そう思うよ」

「そこまでは……でも、今回の件は、申し訳ないけど」

「いや、こっちこそ急に呼び出して悪かった。話だけでも聞いてくれてサンキューな」

もう少し強引に引き留められるかもと思ったが、意外と潔く引いてくれて助かった。

「ところで前原、お前って普段見た感じ気弱そうなのに、こういう時、きっぱりと断れるんだな。そういうの、ちょっと見直した」

「そう？　でも、俺なんて誰かさんに較《くら》べればまだまだだから」

海のことだが、いずれは彼女のように、人前でもしっかりと自分の考えを伝えることのできる度胸をつけたいと思っている。

朝凪海は、俺にとって大事な友達であり、身近な目標でもあるのだ。

「……っと、そろそろ先輩たち来そうだな。ごめんな、わざわざ時間とらせて」

「気にしないで。協力はできないけど、俺も陰ながら応援はしてるから」

「応援はいらねえ……協力が、協力がほしい……」

「はは……ごめん、それはちょっと無理かな」

「おお〜……」

今の状態で天海さんに突っ込んでも撃沈は確定だろうが。せめて祈るぐらいはしておこう。

大丈夫、関君なら、そのうち好きになってくれる女の子がきっと現れるはずだ。話しやすいし、男の俺から見ても顔は整っているし。

もうちょっとタイミングが早ければ、きっと友達になれたのだろうが、それは今さら言ってもしょうがないことだ。

関君と軽く別れの挨拶をしてから、俺はグラウンドの端をぐるりと回って校門へと向かった。

時間はまだ夕方の16時だが、風が強いせいか、いつもよりも寒い気がする。

これは早いところ家のコタツに避難を……そう思い、小走りで校門の外に出ると、

「……あれ？　海？」

「よ」

ちょうど出たすぐのところで、俺に小さく手を振る海を見つけた。

「もしかして、教室出てからずっと待っててくれた？」

「ま、まあ……っていうか、この格好がいったん下校してきたように見えるかね？」

「いえ、見えません」

「正解」

通学鞄《かばん》を肩にかけて、首にはいつも愛用しているチェック柄のマフラーをしている海が、頬《ほお》を膨らませて言った。

当然、この寒空の下、ずっと俺のことを待っていてくれたのだろう。

「ごめんね、真樹。本当はさっさと帰るつもりだったんだけど……その、やっぱりちょっと気になっちゃって」

「そっか。でも、心配だったのなら、近くで隠れて様子見てて良かったのに」

「もう。そんなことしたら、真樹との約束破っちゃうでしょ。何も聞かなかったことにする、なんて口では言ってるくせに、実は気になってしょうがなくてさ」

唇を尖《とが》らせて、海は俺から目をそらしながら言う。

「本当は二人が……っていうか真樹が関とどういう話をしてるのか知りたくて。けど、二人の話を内緒で盗み聞きするのも……ってことで、すっごい中途半端なところで、とりあえず真樹の帰りを待つことになったわけですよ」

さっさと帰ると俺に言った自分と、でも本当は俺のことを心配し、側《そば》にいてあげたいと思う自分。

それらが心の中でせめぎ合った結果、話は聞かないけど一緒には帰ることにした——だからこそ、海は校門で待つことにしたわけだ。

……海、なんという面倒《めんど》くささ。

まあ、そういうところもなんだかんだで可愛いのだが。

「……とりあえず、寒いし帰ろうか」

「うん。……ねえ、真樹」

「なに？」

「寒いから、ちょっと真樹の家であったまりたいんだけど、いい？」

「……まあ、いいけど」

今日は週末じゃないのであまり長い時間はいられないが、それでもいいかなと思う。

誰もいないのをいいことに、また二人でこっそりと手を繋いで、俺たちはいつものように一緒に下校した。

2. 友達との初デート

翌日の朝、母さんが起きる時間に合わせて、俺は昨日の件について報告することにした。

内容は、もちろんクリスマスイブの日について。海《うみ》と過ごすことはもちろん、今のところは天海《あまみ》さんも呼ぶつもりなので、それについては隠さず打ち明けることに。

朝、布団からもそもそと抜け出してリビングに行くと、母さんはすでに寝間着からいつもの仕事着に着替えて、コーヒーと、それから珍しくタバコを吸っていた。

臭いがちょっとキツイ、黄色い箱のタバコ。

職場では吸うらしいが、こうして家の中で吸うのを見るのは久しぶりのことだ。

「家の中でタバコなんて珍しいね、母さん」

「あ、おはよう、真樹《まき》。ごめんね、つい」

「良いよ、別に。仕事忙しいの？」

気休め程度にキッチンの換気扇のスイッチを入れ、俺は自分の分のコーヒーを用意する。

「今年は特別ね。それでも去年よりは色々な意味で全然マシだけど」

「まあ、それは去年で終わったことだしね」

置いていたガラスの灰皿でタバコをもみ消して、母さんは答える。

今日より以前に、母さんが俺の前でこういう姿を見せたのは、ちょうど今から一年前、父さんとの離婚の手続きが進んでいた時。

その時は一日中、家の中がこの匂いで充満していた。

「母さん、その……大丈夫？　無理してない？」

「ん？　ん〜ん、平気。肉体的にはさすがに歳《とし》もあるからきついけど、精神的には大分楽だから。一年経《た》って、もう大分吹っ切れたし」

「そう？　それならいいんだけど」

ただ、吹っ切れたとは口で言っていても、まだたった一年。

やはり去年のことを思い出してしまうのかもしれない。

……とにかく、この話はもうおしまいにしよう。

そういうことを話すために、早く起きたわけではないのだから。

「あのさ、母さん……その、24日なんだけど」

「！　お、そういえば、今年の真樹には海ちゃんがいるんだった。なに？　もしかして、一緒に過ごそうって約束でもした？」

「まあ、はい……」

当日の予定を、俺は母さんに説明する。

学校主催のパーティが終わってからなので、少し遅くまで遊んでもいいかということ。

海だけでなく天海さんも呼ぶ予定だということ。

そして、いつもより遅い時間までウチで遊んでもいいか、ということ。

海については、母さんも予想通りだったようですんなりとＯＫが出たが、天海さんも一緒だと聞いたときにはさすがに驚いたようで。

「真樹、アンタ、その話マジなの？」

「マジですけど」

「かああ……海ちゃんだけでも息子と仲良くしてくれてありがたいのに、それからさらに超可愛《かわい》い金髪少女も……真樹、アンタ、今間違いなく人生の絶頂期来てるわね」

「そうかな？　確かに悪くはないと思うけど……海はともかく、天海さんは海の親友であって、俺にとっては知り合い程度だし」

絶頂期かどうかはわからないが、海と仲良くできているこの状況が幸運なのは間違いない。

だからこそ、今のうちに海と……というのは、ちょっとある。

「ふむ……なるほどね。まあ、とりあえず話はわかったわ。それじゃ、私は私のほうで、朝凪《あさなぎ》さんのほうに連絡入れとくから。真樹の小指一本で勘弁してくださいって」

「それ確定事項なの？」

ただ、もし何かの間違いでお泊りにでもなって、そうして、朝帰りの挙句、その現場を、例えば、たまたま年末の休暇で家に帰ってきていた父親の大地《だいち》さんにでも見られてしまったら。

……いや、これ以上考えるのはよそう。ちゃんとすれば問題ないわけだから。

「あ、でも、そういえば」

「？　なになに、まだなんかあんの？　もしかして、ハーレム要員もう二、三人追加？」

「んなわけないでしょ。そうじゃなくて、朝凪さんのとこ、空《そら》さんとは挨拶できたけど、父親の大地さんとか、お兄さんの陸《りく》さんとは挨拶できてないなって」

大地さんは仕事の都合で難しいが、陸さんは家にいるので、そろそろどんな人か見ておきたいところだ。

海の話によれば『別に気なんか使わなくていいよ、ニートだし』とのことだが、それでも、海のお兄さんには変わりない。どんな人でも、海の家族だ。

そう、家族は大事。

「そういえば、空さんから自衛官やってるみたいな話は聞いたわね。お兄ちゃんのほうも同じ自衛官だったけど、そっちは今やめて職探し中」

「だね。顔は見たことないけど……どんな人たちなのかなって」

「さあ……あ、でも、この前空さんと電話で話した時、もうすぐ夫が帰ってくるからその時は息子さんと会わせたいみたいなこと言ってたな」

「へえ、そうなんだ。じゃあ、その話は聞かなかったことにするよ。そういうことで俺は二度寝するから……」

「こら息子。現実逃避してももう遅いぞ。あきらめな」

どうやら俺に逃げ場はないらしい。


ということで、逃げ場がないのであればせめて心の準備でもと思い、早速、海にとあるお願いをすることにした。

『(朝凪)え？　お父さんと兄貴の顔が知りたい？　なんで？』

『(前原《まえはら》)まあ、一応、もしどこかでばったり会った時とかに備えて』

『(朝凪)なんの備え？』

『(朝凪)まあ、別にいいけど』

『(朝凪)あ、そうそう。ちなみに真樹の顔写真は朝凪家に出回ってるから。母さんがみんなに送っててさ』

『(前原)いつの間に……ってことは、お兄さんとお父さんにも？』

『(朝凪)当たり前じゃん』

『(前原)　なんか賞金首みたい……』

　しかし、俺の顔写真を撮ったお詫《わ》びにと、海のスマホに入っている家族写真を見せてくれることに。一昨年に、家族で旅行に行ったときのものだそうだ。

『(朝凪) わかってると思うけど、真ん中の一番でっかいのがお父さんの朝凪大地。端っこでぼーっと突っ立ってるのが兄貴の朝凪陸ね』

大地さんは、ほぼ俺の想像通りだ。笑顔でピースサインをしているお茶目《ちゃめ》な空さんの隣で、真面目な表情を浮かべている。

いい人そうだが、きっと厳しいと思う。絶対そうだ。

陸さんは……カメラ目線じゃないのと、長い前髪で片目が隠れてしまってるせいか、良くわからない。背は大地さんほどではないが、関君《せき》ぐらいはある。体の線は細め。

写真は一昨年のものらしいが、海と空さんは今とそんなに変わっていない。

空さんは若々しいし、海はこの時点ですでに完成されている可愛さだ。

と、ここで俺たち以外のメンバーが、チャットルームの中に入ってくる。

以前設定していたウサギのアイコンから、家で飼っているというゴールデンレトリバーに変更された『あまみ』というアカウント。

『(あまみ) あ、これ海の家族写真? 懐かしい!』

『(朝凪) 真樹がお父さんと兄貴の顔を確認しとかないと、いざという時とんずらこけないからって』

『(前原) いや逃げないし』

『(あまみ) あ、じゃあ私の写真も見せてあげよっか』

『(あまみ) 中等部に上がりたての時ね』

こちらも家族写真だろうか。中学一年生の時ということで、今よりもさらに幼さの残っている顔立ちだが、天使度は今以上と言っても過言ではない。

……確かに、これは男女問わず人気が出るのも納得だ。

『(あまみ) 周りにいるのは、外国に住んでるおじいちゃんとおばあちゃんに、それから親戚の子たちだよ。お母さんの里帰りについて行ったときに撮ったんだ～』

どうりで日本人っぽい顔立ちの人が少ないわけだ。黒髪なのは、おそらく天海さんのお祖父《じい》さん（白髪交じり）と、後は天海さんのお父さんと思《おぼ》しき人の二人だけ。後はみんな鮮やかな髪色をしている。

『(あまみ) あ、そういえば、真樹君の写真は？　子供の時の真樹君、どんなだったか気になる！　ねえ、海もそう思うでしょう？』

『(朝凪) 真樹』

『(朝凪) うん。そういえば、そうだね。それめっちゃ気になる』

『(前原) いやいや、いきなりそう言われても』

『(前原) 俺、写真撮られるのって苦手だから。最近だと文化祭の時の表彰の時の写真しかないよ』

『(朝凪) 出た、そういうの』

『(あまみ) そっか〜。あ、でも、卒アルとかはあるよね? 家のアルバムとかも』

『(前原) 多分。でも、どうだったかな。持ち出した記憶はないから、もしかしたら元の家の押し入れに残ってるかも』

『(前原) あ』

何の気なしにメッセージを送った時点で、やってしまった、と思った。

元の家。つまりは離婚する前に父さんや母さんと一緒に住んでいた家だ。俺は母さんと一緒に出て行ってしまったためわからないが、今は父さんが一人で使っているはず。

『(前原) あ、ごめん。手が滑って、つい変なことを』

『(あまみ) いやいや! 私のほうこそ、変な話振っちゃって』

『(あまみ) ほら、海もごめんなさいは?』

『(朝凪) なんで夕《ゆう》が仕切るワケ』

『(朝凪) でも、ごめんね、真樹。嫌なこと思い出させちゃったよね』

『(前原) いや、元はといえば俺が言い出したことだし。それにもう終わったことだから』

『(前原)　今日あたり押し入れ探してみて、あったら持ってくるよ』

『(あまみ)　本当？　やった！　へへ、よかったね、海？』

『(朝凪)　私は別にそんなでもないけど』

『(あまみ)　またまた照れちゃって〜、うれしいくせに』

『(朝凪)　……ごめん、いったん外す』

昼休みを告げるチャイムが鳴った瞬間、天海さんと海の間で小規模な取っ組み合いが始まった。

デリケートな話題になった瞬間はちょっとまずいと思ったが、二人とも賑《にぎ》やかなようで何よりだ。

とはいえ、昔の写真か。中学校の卒業アルバムについてはさすがにあるが、それには顔写真のみしか写っていないし、小学校のものは……おそらく元の家に眠っている可能性が高い。

もしその場合は……さて、どうしようか。

そんなことをぼんやり考えながら、いつものように一人ふらっと教室を出ようとした瞬間、

「——あ、天海さんっ！」

一人の男子の大きな声が、授業終わりで弛緩《しかん》したクラスの空気をピンと張りつめさせる。

「えっと、ちょい二人で話したいことがあるんだけど、いいかな？」

「え？　あ、うん。別にいい、けど……」

戸惑う天海さんの目の前に立っていたのは、明らかに緊張した様子の関君。

普段、関君から天海さんに話しかけることはないので、話、となると、どんな内容かは察しがつく。

俺が協力を断ってしまった以上、いずれはこうなるだろうと思っていたが……昨日の今日でこれは、少々気持ちが前のめりすぎではないだろうか。

クラスの皆の前では話しづらいから、ということで、二人で教室から出て行った関君と天海さんだったが、さすがにこの状況ではあまり意味がない。

二人が出ていった後、ごく一部のグループが、ひそひそと仲間内で話しながら彼らの後についていく。

多分、二人の話に聞き耳をたてるつもりだろう。

俺も似たようなことをやっているので人に言えた義理はないが……やっぱり、あまりいい気分ではない。

そこからもぱらぱらと人がいなくなって、現在、クラスに残ったのは半数ぐらい。

残っているのは俺や海、それから、意外にも新田《にった》さんだった。

「あれ？　新奈《にな》、行かなくていいの？」

「興味がないわけじゃないけど……でも、関が夕ちんのこと好きなの、だいたい皆察してたし。結果もわかりきってるからいいかなって。もしこれが委員長だったらかなり事情がちが……ああ、いやいや、ウミさん。冗談、冗談だって。そんな物騒な顔しないで」

「ったくもう……あ、あと前原はこっち座って」

隣の席に座れとのことなので、その通りにする。

俺、海、そして新田さん。三人で小さく輪を作って話をすることに。

「ねえ真樹、もしかして、昨日関とした話って、もしかしなくても今の件だよね？　恋愛相談的な」

「うん。皆にもバレバレだったみたいだけど、関君、天海さんのこと好きなんだって」

一応内密にと前置きした上で、俺は、関君からお願いされた事柄のみに絞って、昨日のことを二人へ簡単に説明することに。

「それは真樹が断るのは当然……ってか、引き受けるほうがバカだよ」

「確かにね～……って、今まで委員長のこと『よくわからない人』認定してた私が言うのもなんだけど」

表向きには本心を隠していた関君だから、二人からこういう評価をつけられてしまうのは仕方がないと思う。

彼にとって天海さんが初恋で、恋愛に関しては純情そのものなことなど、昨日の話をもう少し詳しく話せば印象も変わるのだろうが、それは関君との秘密だ。

さて、そろそろ二人が出て行って少し経つが、状況はどうなっただろう。

「！　お、夕から連絡」

どうやら話がついたらしく、海のスマホに連絡が入った。

「あ、夕？　……うん、わかった。んじゃ、今からそっち持ってくよ。場所は……ああ、うん。すぐ行く」

俺たちから少し離れて一分ほどやり取りしてから、海は、天海さんの机にあった手つかずのお弁当を手に取った。

どうやらこれから天海さんのところへ行くらしい。

「ごめん、真樹。私、ちょっと夕のとこ行ってくるから、新奈のことよろしく」

「海……ああ、うん。構わないよ。新田さん、そういうことだから、もうしばらく俺と一緒にいてくれると助かる」

「いやいや、別に委員長が監視してなくても行かないよ。私もそこまでアホじゃないし……まあ、気にはなるけど。ちょっとだけね」

俺に新田さんの足止めを頼んだということは、天海さんは海と二人で話したいのだろう。

天海さんが関君の告白を断ったのは、まず間違いない。

では、二人の様子がどうだったかは――この後戻ってくるだろう野次馬《やじうま》たちが話してくれるはずだ。

というか、きっと嫌でも耳に入ってくる。

――いや〜、マジ面白かったわ。

……やはり。

天海さんとの待ち合わせ場所に一人で向かう海とすれ違いざまに、おそらく一部始終を遠くから観察したであろうクラスメイトたちが戻ってきた。

このグループには、普段関君がつるんでいるヤツらもいる。

――いきなり天海さん呼び出してびっくりしたけど、そこからのマジ告白とかどうしたんだよ、望《のぞむ》のヤツ。

――アイツ、中学時代、わりと女友達いて遊んでたとか言ってたけど、もしかしてアレって吹いてた？

――じゃね？　慣れてたら、あんな中坊みたいな告白しないって。

――ま、イブは俺たちでアイツを慰めてやろうぜ。お前には俺たちがいるってさ。

――彼女同伴で？

自分たちの縄張りでがやがやし始めたのを聞いて、俺はすぐに席を立った。

笑いの種にされるのは、関君が自分で蒔《ま》いた種だから自業自得だが――しかし、彼らの話を聞いていて愉快な気分になるはずもない。

「……委員長、私のことはいいから、関のところ行ってきな。こんなところいたら、綺麗《きれい》な心が汚れちゃうよ」

「そうさせてくれるとありがたいけど……でも、新田さんは？」

「私はこういう空気を吸って生きてきた人間だから。……ま、ここで委員長の見えない手にいやらしいことされて動けないってことにしとくわ」

「『いやらしい』のとこ別にいらなくない？　……でも、ありがとう」

「ん。行ってらっしゃい、前原」

「……ちゃんと名前呼んでくれるじゃん」

「だって、茶化《ちゃか》す気分でもないし。これが終わったらまた『委員長』だけど」

「なんでそこ頑《かたく》ななの……まあ、呼びたきゃ勝手にどうぞ」

こちらを見ずに手だけ軽く振った新田さんに小さく頭を下げると、俺は人混みをするすると抜けて、とある場所へと向かうことに。

一人きりになれる場所を知らないであろう関君がいる場所は、多分、この前の部室棟の裏手しかない。

海が言う通り、俺はものすごくバカのお人よしだ。

とりあえず、海に連絡だけ入れておくことにした。

『(前原) 海、ちょっと関君のところ行ってくる』

『(朝凪) うん。いってらっしゃい』

メッセージを入れた海から即座に返信が来る。

俺は多分バカなことをしているのだろうが、しかし、関君にとってはいたって純粋で真剣な気持ちを陰でバカにして、見下す側に回ってイジる、もしくはそれを見て見ぬふりをして遠巻きにあざ笑うぐらいなら、俺はこのままのバカでいい。

そのおかげで、得るものだってきっとあるのだから。


天海さんに振られ、一人落ち込んでいるであろう関君を探して、俺は、外履きの靴に替えて、グラウンドのほうへ向かっていた。

昨日の時点でもう二度と来ることはないだろうなと思っていたが、その二度目が、まさか翌日に訪れるとは予想していなかった。

「関君」

「！　前原」

予想通り、関君は昨日と同じ場所に座り、昨日と同じパックのヨーグルト飲料を飲みながら、一人がっくりと肩を落としている。

男子グループの中では存在感があったはずの彼が、今はどこか小さく見える。

「関君、焦ったね」

「いやあ……やっちまったよなあ俺……とりあえず、隣座ってくれよ」

「うん」

練習に使っているのであろう大きなタイヤの上に腰かけると、関君はぽつりぽつりと話し始めた。

「……本当はクリスマスパーティの予定だけ聞こうって思ってたんだよ。朝凪と一緒に行くのはわかってたから、ならどっかで待ち合わせて一緒に行かないか、って。でもさ、俺のことをじっと見つめて首傾《かし》げてる天海さんを見たとき、いつの間にか『俺と一緒にパーティ行ってくれませんか』って、本音がぽろっと出ちゃったんだよ。気づいたときには、もうわけわかんなくて……」

そして、その勢いで、冷静な判断がつかないまま流れで告白し。

そして、やっぱりフラれてしまった、と。

……気持ちはわからなくもないが、さすがに気持ちが先走り過ぎたのではと思う。

関君の告白に対し、天海さんは丁寧に頭を下げて断った。理由もきちんと話してくれたそうだが、覚悟はしていても『ごめんなさい』と言われたショックが大きく、その時の記憶はほとんどないらしい。

「前原、クラスのヤツら、俺のことなんて言ってた？　どうせ聞き耳立ててたんだろ？」

「みたいだね。やけに賑やかだったけど、別の星の人たちの言語だったから、頭の悪い俺には翻訳できなかった」

「はは。お前、意外と性格悪いな。おまけに口も悪い」

「大人しい奴《やつ》が皆性格いいとは限らないよ。黙ってる分、頭をいっぱい回してるから」

「そっか。俺はお前のそういうところ、嫌いじゃないぜ」

「そう？　俺は関君のこと、正直そんなに好きじゃないけど」

「正直なヤツだな……ま、別にいいけど」

呆《あき》れながらも、関君の顔には徐々に明るさが戻ってきている。

関君とこうして話すのはまだ二回目だが、彼の態度や言葉から感じるおおらかさのようなものがそうさせてくれるのだろうか、冗談を言っても笑って流してくれるし、とても話しやすい気がする。

「関君、あのさ」

「ん？」

「天海さんにはフラれちゃったけど、これからどうする？」

「どうする、って言われても……さあ、どうしようかな。普通に考えたらすっぱり忘れて、次の恋を探すべきなんだろうけど」

「まあ、中々忘れられないよね」

「お前もそう思う？　だよなあ……だって、天海さんだぜ？　はっきり言わせてもらうけど、めちゃくちゃ好きだったんだぜ？　次行けって言うのはそりゃ簡単だけど……そんなの難しいに決まってるよ。今も未練たらたらで、絶対しばらく引きずる。忘れようにも、どうせクラスの連中にネタにされ続けるだろうしな」

「だろうね。天井なんて、素人がやったところでウザいだけなのにさ」

「だよな。今のところ空気読んでスルーしてるけど……って、なんで俺アイツらと一緒にいるんだ？」

話していると意外と波長もあって、途中で途切れることなく会話のキャッチボールが続いていく。

話している内容については……まあ、クラスメイトに対する悪口なので、あまり褒められたものではないが、相手方も関君のことを悪く言ってるのだからお互い様だ。

天海さんの話から始まって、普段は言えない男子グループについての不満など。あらかた吐き出してスッキリした後は、普段読んでいる漫画や、たまに遊んでいるスマホゲーの話など……昼休み終了のチャイムが鳴る直前まで、俺と関君は、自分のことについてお互いに話していく。

「はあ、これから教室に戻るのは正直まだ気が重いけど……でも、お前のおかげで少しは気が楽になった。ありがとな」

「それはどうも。俺も、海以外の人とここまで長く話すのなんて初めてだけど、わりと普通に話せたと思う」

「海？　前原、お前、いつもは朝凪のこと、下の名前で呼んでんのか？」

「あ……ごめん、つい」

「いや、気にすんなって。文化祭の時から思ってたけど、お前らって最近付き合い始めたんだろ？　なら、別に名前で呼び合ってても不思議じゃねえし」

「……いや、あの、一応まだ付き合ってはないんですけど」

「は？　お前、それマジで言ってんの？」

「色々ありまして……」

他の人には内緒ということで、簡単に今の俺と海の状況について説明する。

「なるほどな……まあ、恋愛経験０の俺が偉そうなこと言えないから、そこはお前らの自由でいいと思うけど……でも、早いうちにちゃんとしておいたほうがいいぜ。朝凪のヤツ、最近また人気出て来てるからな」

「え？」

それはまた、初耳な。

「そうなの？」

「ああ。最近表情がやわらかくなって、可愛くなってきたって。他のクラスの奴らから紹

「そ、そうなんだ」

介してくれって冗談交じりに言われてさ。朝凪とは大して接点ないから断ったけど」

俺と仲良くなる前と後の海を較《くら》べると、確かに今の方が精神的にも余裕ができて、クラスでも笑顔でいることが多くなっている気がする。

クラスで見ている限りは、海に告白するような人はぱったりいなくなったので安心していたが……俺以外の男子に今さらなびくようなことはないと思うけれど、それでも、ちょっとだけ心がざわついていて。

「とにかく、他の奴らに横取りされないよう、気をつけてな。男友達としての、俺からの精いっぱいの忠告ってことで」

「ご忠告どうも……って、え？　関君、さっき自分のことなんて……」

「ん？　ああ、男友達ってところか？　まあ、話しててわりと気も合うみたいだし、同じクラスだしそれでいいかなって。もしかして、お断りだったか？」

「そんなことはないけど……でも、まだそんなに話してもないのに、そこまで心を許していいのかなって」

「別にいいんじゃね？　ってか、前原は色々考えすぎなんだよ。一緒にいて楽しいとか、もうちょっとコイツと話してみたいとかさ。それでいいんだよ、友達ってのは」

「そうかな……」

関君の言う通りかもしれない。

思えば、海ともそうだった。きっかけはなんであれ、また一緒に遊びたい、もっと彼女のことを知りたいと思ったからこそ、今の俺と海があるのだから。

親友になるのも恋人になるのも、すべてはまず『友達』から。

「……わかった。そういうことなら、関君、これからは友達同士ってことで」

「おう。よろしくな、真樹」

「うん。よろしく、えっと……の、望……」

「おう。それでいいぜ」

改めて握手を交わし、俺と望は友達になった。

野球部と帰宅部、クラスのお調子者と日陰者のぼっち。

体格差もあれば、これまでに置かれていた境遇など、わりと正反対にいる俺たちだが、それでもこうしてお互いに話してみれば、分かり合えることもある。

今まで勝手な思い込みで敬遠していた人ではあったし、最初に話しかけられた時はなんて迷惑な人だと思ったけれど、なんだかんだで、望とこうして友達になれてよかったと思っている自分がいて。

「んじゃ、授業始まるし、そろそろ帰るか」

「だね。あ、でも……天海さんとの仲を取り持つとか、そういうのはできないけど」

「心配すんな、ちゃんとわかってるよ。さっきは派手にフラれちまったけど、まあ、俺もあきらめの悪い男だし、もうちょっと一人で頑張ってみるわ。野球は9回裏ツーアウトからってよく言うしな」

「そう？　俺には試合が終わって家路につこうとしてる観客の人が見えるけど」

「ああ、いるよな、大差がついちゃって8回ぐらいに諦めて帰る人たち。そういうやつほど、そこからのドラマチックな逆転劇を見ずに損をする」

「はは……応援はそこまでできないけど、頑張って」

　こうして、海に引き続いて、俺に新しい友達が出来た。まあ、そのきっかけを作ってくれたのは海だが、そのきっかけを活《い》かしたのは俺だから、半分くらいは自分の手柄だと主張しても問題ないだろう。

　海と友達になって、そのつながりで天海さんや新田さんが加わって、そして新たに望まで……十二月に入ってさらに目まぐるしく周囲の環境が変わって目が回るほどだが、それでも、今はそれなりに充実していると思う。

　ところで、望のフォローは俺のほうでなんとかなったけれど、もう一人の当事者である天海さんはどうなっただろう。

　俺と望の二人で休み時間ギリギリに教室に戻ってきた時はすでにいつも通り新田さんた

ちとお喋《しゃべ》りしていたし、特に問題はなさそうだが、少し気になった。

「——ん？　う〜ん、別に大したこと話してないと思うよ。ちょっとした愚痴大会ってところかな……むぐむぐ、ん、おいしい」

翌日の朝、俺のことを迎えに来てくれた海に訊《き》くと、俺の作ったホットケーキを食べながら、海が言う。朝ご飯は家で食べてきたらしいが、俺が作っているのを見て食べたくなったらしい。ので、俺は追加で一枚、自分のものを焼いている途中だ。

「愚痴か……詳しくは聞かないけど、やっぱり、天海さんも苦労してるわけね」

「まあね。それに、私もちょっと前までは苦労してたわけだし。真樹だって、見たことあるでしょ？」

「そういえば……じゃあ今は？」

「今？　今は……特にない、かな。むしろ今は……」

「なに？」

「……なんでもない」

「……ふ〜ん」

天海さんは心配ないようだが、それよりも、今は海の方が気になる。

「海」

「やだ」

「気になる」

「や、やだっ」

「自分から口を滑らす方が悪い」

「それはそうだけど……」

「それ」

「え？」

「ホットケーキ、おいしかったか？」

「むぅ……真樹のいじわる」

そうかもしれない。しかし、普段は海にいじられっぱなしなので、たまには、こう、やり返してみたいというか。

「……まあ、そんなに言いたくないんだったら、俺も訊かないけど。でも、俺に対してなんかあるなら聞いておきたいなって」

海に対して良くない態度や振る舞いをしているとは思いたくないが、俺だって完璧じゃないから、もしちょっとでも直してほしいところがあるのなら、とは思う。

「いや別に悪い事じゃないんだけど……その、夕がしつこいから、仕方なくなんだけど」

「？　うん、なに？」

「その……今日は真樹が朝ご飯作ってくれたとか、いつも迎えにきてくれて悪いからって、逆に家に迎えにきてくれてちょっと嬉しかったとか……まあ、そんなことを」

「……う〜ん」

それは愚痴というか……惚気《のろけ》なのでは。

「な、なによ、いいじゃん別に。私だって言いたかったわけじゃないんだけど、でも、夕とか新奈が聞きたがるから、私もちょっとこう、口が滑らかになって」

「あの、一応確認だけど、全部は言ってない……よね？　その、この前のほっぺのやつとか、リップクリームのやつとか」

「えっと……すいません、リップの件は真樹にあげた日にすぐに気づかれちゃって……それで、その、」

白状したらしい。海の顔がものすごく真っ赤だ。

予備のものとはいえ、自分が使うかもしれなかったものを男子にあげるのは、やはり恥ずかしいのだろう。

「……まあ、俺は別にいいけど」

しかし、最近天海さんがよく俺たちのことを見てニヤニヤしていた理由は判明した。

二人だけの秘密の時はそこまで感じなかったけれど、他人に知られてしまうと、途端に恥ずかしさが倍増するような気が。

……しばらくは、人前で絶対にリップを使わないようにしよう。

「それにしても、まさか真樹と関が友達になるとは……二人ってどう考えても絶対交わらないタイプだと思ったのに」

「それ言ったら俺と海も今やこんなだし……やっぱり話してみないとわからないことってあるんだなって」

「でしょ？　でも、何はともあれよかったじゃん。真樹の話を聞く感じだと、関とは卒業しても関係続きそうな感じするし。そういう友達ってなかなかいないから、これからも大事にしなよ」

「うん。そうする」

母さん、海、天海さんの三人だけの電話帳に新たに加わった望の名前。

俺にとって、望は生まれて初めてと言っていい男友達。だからこそ、何気に喜びもひとしおだったりする。

「ところでさ、私は本当に何もしなくていいの？　関の気持ちが本気だって言うんだったら、やんわりと応援しなくもないけど」

「しばらくは一人で頑張るらしいから、俺も見守るだけにしておこうって。今のところ望は部活で忙しいし……もしやるとしたら期末テストの勉強会ぐらいかな」

彼も中学まではそこそこ勉強はできたそうだが、高校で部活にかまけているうちあっという間に成績が落ち、前回の中間テストはどれも赤点ギリギリという。

赤点を取ると当然補習が待っているわけだが、その日は12月24日。そうなるとパーティの参加も取り消されてしまうので、それだけはなるべく避けたいと、望のほうから泣きつかれたのだ。

「なんだ、じゃあ私と同じじゃん。私もその時期は万年赤点ギリギリお嬢様のケツをしばいてヒーヒー言わせてるから」

「天海さんのことね」

運動や芸術など、興味をもった分野はわりと何でもできる天才肌の天海さんなのだが、学校の授業や課題などの勉強は本当に苦手らしく、テスト勉強でも、ちょっと海が目を離している隙に寝てしまうらしい。

なので、ウチの高校の一般入試に合格した時は、海も本当にびっくりしたそうだ。

集中力を勉学のほうにも向けることができれば、きっと問題ないのだろうが……人間、そう簡単にいくものではない。

「期末は来週末からか……じゃあ、その前ぐらいに一緒に勉強会でもしてみる？」

「一緒にって、四人で？」

「うん。そっちのほうが、私と真樹で二人のこと全教科見れるでしょ？」

「それはそうだけど、でも、昨日の今日で気まずくなったりしないかな？」

「その時は仕方ないよ。勉強は別々にやって、私たちは私たちでまた別の日に時間取ればいいし」

「俺と海で一緒に勉強することは決まってるわけね」

「もちろん。……嫌とは言わせないよ？」

「大丈夫、わかってるよ」

学年でもトップクラスに入る海が勉強を教えてくれるのは俺にとってもメリットがあるのでそこは当然問題ない。

もちろん、その他の理由もあるにはあるのだが。

俺と海で得意教科は違うので、二人の力を合わせれば、ほぼ全ての教科をカバーできる。

ということで、来週の予定は勉強会含むテスト勉強で決まったのだが。

「あ……あのさ、海」

「ん～？」

朝の恒例となった寝癖直しをしてもらいながら、俺は海の顔を見る。

……うん、やっぱり海はとても可愛《かわい》いと思う。もちろん顔だけの話ではない。

食いしん坊のわりにプロポーションはしっかりと保っているし、性格だって真面目で、でも、俺や天海さんなど、親しい人の前では、ちょっとだけお調子者っぽくなるところも、とてもいいと思う。

そんな子にこうして朝から世話をしてもらって、俺は幸せ者だ。

「なに？　そんなジロジロ見て」

「いや、やっぱり海って可愛いなって……いや、俺が今言いたいことはそういうことじゃなくて」

「じゃあ、なあに？　真樹ちゃん？」

「お、お子様扱いをすな」

「え～？　だって、今の真樹、人見知りの小《ち》っちゃい男の子みたいで可愛いんだもん」

俺の様子を見た海が、いたずらっぽく笑う。

多分、俺と海はずっとこんな感じの関係が続くのだろう。男としてはちょっと情けない気もするが、二人きりの時ぐらいは……このままでいいか。

「海、今週の休みなんだけど、予定とかってどう？」

「休み？　それって土日ってこと？　金曜じゃなくて？」

そういうことになる。週末だが、金曜の放課後ではなく、その翌日の休みだ。

「うん。その……もしよければ、一緒に映画とかでもどうかなって」

「つまりそれって……デートのお誘い的な？」

「えっと……そんな感じ。金曜日はいつも遊んでたけど、休みの日ってあんまりなかっただろ？　だからその、たまにはどうかなって、思って」

クリスマスに気持ちを伝えるつもりではあるが、その前に、仲の良い異性の友達とやるようなことも、ちゃんとしておきたい。

二人で外に出ることは今まで何度かあったが、休日デートはまだなのだ。

「ん～……ん～、ん～……」

しかし、俺の誘いに対して、海が残念そうな表情を浮かべていた。

「もしかして、天海さんと約束とかしてる？」

「うん、実は……夕と新奈の二人とね。ほら、パーティに着ていくための服とかアクセサリとか選ぼうって。テスト期間にはさすがに行けないし、直前に慌てていくのもね」

「あ～……そういえば確かに」

クリスマスパーティに出ることは早めにわかっていたから、おそらくこの土日の予定も早々に埋まってしまっていたのだろう。

もう少し早めに言っておけば、日程の調整もできていたのに……思い付きで動くにしても、きちんと予定を決めなければと反省する。

「そっか……じゃあ、残念だけど、そっちはまた次の機会ってことで……海？」

「あ、ごめん。これから電話するからちょっと席外すね」

だが、俺からの誘いを受けた海は、スマホで予定を確認した直後、すぐにどこかへと電話をかけ始めてリビングから出て行く。

そして、そこから約三分。

嬉しそうな表情をした海が戻ってきた。

「へへん、大丈夫になったから行けるよ。デート」

「え？　いいの？」

「うん。真樹にデートに誘われたって言ったら、絶対にそっち優先しろって、夕が。新奈にも、後で連絡入れてくれるってさ」

パーティに着ていく服のほうも、それなりに大事だとは思うのだが。そちらのほうは都合がつけられるのだろうか。

「まあ、予定が空いたのなら俺としては嬉《うれ》しいけど……じゃあ、今週の土曜日でいい？」

「うん。あ、でも、土曜日デートするんだったら、前日の放課後、ちょっと付き合ってもらうところあるから、それも忘れないでね」

「？　それは別にいいけど……何するつもり？」

「土曜日にデート行くんだったら、そのための服がいるでしょ？」

「……え？」

「え？」

そこで海が信じられないといった顔をした。

確かに、デートだから多少は身だしなみも気をつけようと思ってはいたが。

「もしかして、今もってるヤツでなんとかしようって思ってた？」

「……ダメ？」

「ダメ」

「き、機能性には自信」

「ダメ」

「……はい」

ということで、金曜日の予定も自動的に決まってしまった。

お金については、母さんに正直に事情を話すしかない。


そんなわけで残りの平日を消化し、約束の金曜日、その放課後。

俺と海は、いつものように俺の家で二人きりで遊……ばず、電車に揺られて最寄りの繁華街の駅ビルを回ることになった。

最後に来たのは、一か月〜二か月前だろうか。二人で一緒にアニメショップを回ったり、ハンバーガーショップでポテトをあーんされたり、ゲーセンで楽しくはしゃいだり。

その時の記憶は、しっかりと思い出せる。そういえば、天海さんや新田さんに喧嘩《けんか》を売るようなことを言ったのもこの時だ。

今思い返すと、当時の俺はなんて青臭い人間だったのだろう。恥ずかしい。ただ、その時を境に海との仲がぐっと近づいたように思うので、今、こうしてデートの約束ができるまで仲が深まっていることを考えると、恥をかいてよかったのかもしれない。

海にやさしく頭を撫《な》でられたのも、あの時が最初だった。

そんな、俺や海にとっての思い出の地と言っていい場所に降り立ったわけだが、実は今日は、二人きりではなかったりする。

人目を引く綺麗《きれい》な金髪をなびかせた天海さんが、俺たちの隣で鼻歌を口ずさんでいた。

「ごめん、天海さん。俺のせいで予定ずらしてもらっちゃって」

「ううん、気にしないで！　せっかくの二人の初デートなんだから、その気持ちが強いうちに楽しまないと。へへ、今日は真樹君にどんな服を着せてやろうかな」

「……ど、どうぞお手柔らかに」

今日は海のほか、天海さんも俺の服選びに協力してくれることになっていた。本来は海と遊ぶ予定を前倒ししてこの日にもってきたわけだが、これは天海さんの希望ではなく、海がそう決めたのだ。

「最初に古着屋のほう行くから、改札出て右ね。二人ともはぐれて迷子にならないように。特に真樹」

「大丈夫だって……と言いたいところだけど、この人混みだとわりとありそうで困る」

年末が近いからだろうか、駅のホームは、いつも以上に多くの人でごった返している。

会社の忘年会やその他個人的な集まりなど――年末、そして年始に向けて、街全体がどこか慌ただしくなっている。乗っていた電車から見える外の景色も、そういえば、クリスマス用にライトアップされていて、以前とは違った表情を見せてくれていた。

「うわ～……このぐらいの人混みは慣れっこだと思ったけど、今日のこれはさすがの私もちょっときつい……わ、ととっ⁉」

駅の改札口へと続く階段をゆっくりと登っていると、人混みに足をとられたのか、俺のすぐ後ろを歩いていた天海さんがバランスを崩してしまう。

ここの駅はホームがそこそこ広いものの、階段やエスカレーターは幅が狭く、人が押し寄せるとあっという間にぎゅうぎゅう詰めになる。人の流れを間違えると、あっという間に立ち往生してしまうのだ。

「天海さん、大丈夫？」

「あ、うん。ごめんね」

転ばないようにとっさに差し出した俺の手を、天海さんはすぐに握りしめる。

初めて手に取った天海さんの手は、思ったよりも小さい。といっても、海と較《くら》べてだが。

女の子の手の感触なんて、そうそう知る機会なんてない。

「ふーん、真樹君の手って、意外とごつごつしてるんだね。男の人の手って感じ」

「そうかな？　家事やってるから多少手が荒れてるのと、あとはゲームとかで出来たタコだよ。スポーツしてる人に較べたら俺なんか全然」

男の人の手……その表現が相応《ふさわ》しいのは、多分、望だろう。この前握手した時に感じたが、体格もあって元々手が大きいうえ、毎日の部活でバットを振り、ボールを投げ込んで出来たマメなどで、まるで手に石がコーティングされているように硬かった。

はぐれないよう手をしっかりと引いて、俺と天海さんは、人混みの少し前を行く海に追い付く。

「ほら、二人とも言ってる側《そば》から」

「えへへ、ごめんね海」

「まあ、転んで怪我《けが》したりしなくて良かったけど。……ところで夕、もう危なくないんだから、そろそろいいんじゃない？」

「え？」

「だから、その……手をさ」

「手？　……あっ！」

混雑から抜け出た解放感が先で気が付かなかったが、未《いま》だ天海さんの右手は、俺の手を摑《つか》んだままだった。

海がじとっとした目線を俺へと向けてくる。

……いけない、やってしまった。

「ごめんね真樹君。ついうっかり」

「いや、こちらこそ。……その、ごめん、海」

「そんなに申し訳なさそうにしなくても大丈夫だよ。怒ってないから」

天海さんがバランスを崩しそうになったところは海も見ていただろうが、それでも、咄《とっ》嗟《さ》のこととはいえ、俺が他の女の子と手を繋《つな》いでいるのはいい気分ではないはずだ。すぐにでも海にきちんと謝るべきだろうが、それだと天海さんが恐縮してしまうし。

さて、ここはどうしようか。

まあ、こういう経験のない俺ができることなんて、そう多くはないのだが。

「────」

三人で改札を出て、最初の店へと向かう途中。

俺は海のすぐ隣につき、さりげなく彼女の指に触れた。

「……なに？」

「いや、その……海とはぐれたくないからさ。それで」

「……まあ、別にいいけど」

「ありがとう、海。……あと、さっきはちょっと無神経だった。改めて、その、ごめん」

「……ばか」

そう言って、海は俺の手を握るのと同時に、密着する形で腕を絡めてきた。

「あの、海さん？」

俺としてはさりげなく手を握るだけで良かったのだが……多くの人の目があるし、すぐ後ろにはそんな様子をニヤニヤと眺めている天海さんもいたりで落ち着かない。

「あれ？　なんだか海と真樹君の姿が眩《まぶ》しすぎて直視できないな～？　これじゃあ私迷子になっちゃうな～？」

「夕は私の鞄《かばん》にでもぶら下がってれば？　そうすれば重みでいなくなったかどうかはわかるし」

「キーホルダー扱いとか何気にひどくない？　でも、それ微妙に面白そう——てりゃっ！」

「おごっ……マジで全体重乗っけんなし……もう、別に怒ってないから。ほら、もうすぐ店閉まっちゃうし、さっさと行くよ」

そう言って腕から離れてくれたのはよかったが、店に着くまで、手のほうはしっかりと握ったままの海だった。

海に手を引かれて、まずは海と天海さんがたまに行っているという古着屋へ。

雑居ビルの一階に入っているそのお店は、どうやら外国のメーカーで作られた衣服やアクセサリを扱っているお店のようで、俺が一人ならまず敬遠するだろう凝った店構えをしていた。

「う、うるさい」

二人に続いて扉を開けて店内に入ると、古いクローゼットの中に入った時のような、防虫剤と古い木材が交じり合った匂いが鼻に入ってくる。

店内の雰囲気は俺と正反対だが、この独特の匂いはなんとなく好きだ。

「とりあえずまずはここで上半身一式を選ぶとして……真樹、ちなみに今日の予算は？」

「とりあえずこのくらい」

海に指を二本立てて、やんわりと返事する。

今、財布には二万円入っている。バイトをしていない俺のような高校生にはなかなかの大金だが、デートのことと、その前日に海と服選びに行くという話を母さんにしたら、すぐに一万円札を二枚、差し出してきたのだ。訊《き》くと、どうやら今までファッションに無頓着だった息子がお洒落《しゃれ》に興味を示し始めたのが嬉しかったらしい。

なので、安いところなら上から下まで揃《そろ》えられそうだし、多分、海もそのつもりだろう。

二人は、店に入るなり服を選び始めていた。

「ねえねえ海、これ！　これなんかどうかな？　真樹君も男の子だし、こういうの好きだと思うんだよね」

「ふむ、ミリタリーアウターか……無難だけど、でも、真樹って男子の平均より身長低めだから、なんか子供っぽくなりすぎる気が――ほら、やっぱりぶかぶかだし」

「そう？　むしろ逆にかわいさ増しでいいと思うんだけどなあ……ね、真樹君、ちょっとこれ着てみてよ……どう？　よくない？」

「ど、どうっすかね……」

　ここでの俺の仕事は、とにかく二人のお人形に徹すること。

　最近になって海から少しずつ教えてもらってはいるものの、まだまだ一般的なファッションの感覚には疎いので、ここはまず二人に候補を絞ってもらって、そこから自分の感覚でいいなと思うものを選べばいいはずだ。

　そんな俺たちの様子を見て何か勘違いしているのか、女性店員さんが俺に生温かい視線をしきりに送ってくる。

　……にやりと微笑《ほほえ》んで親指を立てているが、あれはどういう意味なのだろう。

「う〜ん、とりあえずアウターはあとで決めるとして、その下に着るのはどうしようかな……真樹、はい。今度はこっちね」

「あ、はい」

　三着ほどまで候補が絞られたアウターを持って、今度はその下に着るための服の棚へ。

　どうせ隠れるんだからなんでもいいのでは……なんて、そんなこと言ったら怒られてしまいそうだ。

「あ、海、そういえば小物とかはどうするの？　マフラーとか」

「いや、マフラーは私のあげたやつがあるから。真樹、明日は自分のやつ使っちゃダメだからね。あれ、ちょっと古すぎるし」

「でも、あれまだ使える……」

「ダメ」

「ハイ」

　今しているマフラーも、実は先日、海からもらったモノだったりする。暗めのグレーに、赤の線が入ったチェック柄のマフラー。制服とは少し合わないような気もしたが、品質がよくとても暖かいので、今は専らこちらだ。

　海のおさがりということもあって、鼻を埋めると、ほのかに海の匂いがして、いつも海が側《そば》にいてくれる気がして……もちろん、誰にも言っていない。

　その後も、店の閉店時間ギリギリまで天海さんと相談しつつ選び続け、総合的に二人がいいと思うものを選んだ。

　試着室を出て、二人にじっくり見せるようにくるりとその場でぎこちなく一回転。

「……で、どうかな？」

「うん。時間がなかったにしてはまあまあかな」

「バッチリじゃない？　かわいいし、とっても良く似合ってると思う！　さすが私と海！」

　セール品で半額になっていたどこかのブランド物のアウターと、厚手の丈夫な生地で作られたネルシャツ等々、全部合わせておおよそ一万円いかないぐらい。

で、俺自身の感想だが、自分の顔を除けば、二人のチョイスだけあって、かろうじて見れる姿にはなってくれたと思う。それに、外見だけでなくしっかりと暖かい。

真剣に選んでくれた海に感謝だ。もちろん、天海さんにも。

「ありがとう、海」

「どういたしまして。あ、またマフラー曲がってる」

「え？　そうかな？」

「そうなの。もう、ちょっと目を離すとすぐ適当になるんだから……はい、これでよし」

店の外に出ると、海がすぐさま俺の首元のマフラーを適切な結び方に直してくれる。

マフラーなんて適当に輪っかを作って、首に巻き付けておけば十分だとばかり思っていたが、色々あるらしい。

こういうところを実際に体験すると、服装選びも大変なのだとつくづく思わされる。皆当たり前のようにやっているが、俺から見れば何気にすごいことだ。

「む〜……海と真樹君ってばまるで新婚さんみたい。ねえ、二人とも本当の本当にまだ恋人じゃないの？」

「まあ……そこらへんは私たちにも色々あるの」

「うん、まあ……」

「そうなんだ。じゃあ、恋人になったらすぐに私に言ってね。二人のこと、一番早く祝福してあげたいし。絶対だよ？」

天海さんもこう言っていることだし、予定通り上手《うま》くいくよう、しっかりと頑張ろうと思う。

古着屋を後にした後は、靴やパンツなど、まだ残っている分を一式揃えるために、駅ビルに戻って量販店などを巡り、そこでようやく一息つくことができた。

「つ、疲れた……」

お手洗いの時間ということで、いったん二人と別れた後、俺はビル内のトイレで一人大きく息を吐いた。

スマホを見ると、今の時刻は午後7時を過ぎたところ。駅についたのが5時ぐらいだったから、およそ二時間、俺の服の買い物だけに費やしていることになる。

俺も買い物をするときはあるが、その場合、予《あらかじ》め買うものを買ったらすぐ帰ることがほとんどだったので、買い物だけでここまで時間を使うのは初めてだった。

海と天海さんにされるがままの俺がこれだけ疲れているわけだが、俺のために色々と動き回ってくれた彼女たちは、それに反してまだまだ元気いっぱい。この後どこでご飯を食べようかと、スマホ片手に相談していた。

個人的にはもう帰って食事は家でゆっくり……と思ったが、今日は二人に世話になりっぱなしなので、もうちょっと頑張らないといけない。
もちろん、今日だけでなく、明日の本番も含めて。
と、ここで海からメッセージが飛んできた。
『(朝凪)おっす』
『(前原)おす』
『(朝凪)真樹、生きてる?』
『(前原)かろうじて』
『(朝凪)そう? 晩ごはん行くとこ決まったから、終わったら早くおいで』
『(朝凪)今日は久しぶりにがっつりいこう。焼肉食べ放題』
『(前原)ん。了解』
『(朝凪)あ、それと』
『(朝凪)ありがとね、真樹』
『(前原)なにが?』
『(朝凪)その、夕と私のわがままに付き合ってくれて』
『(前原)いいよ』
『(前原)二人が楽しいの見てると、俺も嬉《うれ》しいから』
『(朝凪)そっか。それならよかったけど』

『(朝凪)　ねえ、真樹』

『(前原)　今度はなんでしょう？』

『(朝凪)　明日、さ。楽しみにしててね』

『(朝凪)　めちゃくちゃ頑張って可愛《かわい》くしてくるから』

つまり、いつかのようなゆったりしたパーカーにスニーカーというラフな格好ではなく、デートのためのしっかりした服装ということだ。

何もしなくてもすでに可愛い海が、気合を入れてデートに来てくれる。

そう思うと、ちょっとだけ活力が湧いてきた。

だって、どう考えても絶対に可愛いから。

「……よし。元気も湧いたところで、もう少し二人に付き合うとしますか」

期待してる、と海に返信した後、俺は個室から出て、戻りを待ってくれている二人のもとへ急ぐ。

しっかりと手を洗い、ハンカチで拭いた後の少し濡《ぬ》れた手で前髪やトップをちょっとだけいじってから、小走りでトイレから出た、次の瞬間。

「おっ、と」

「!?　あっ……」

入口すぐのところで、俺と入れ違いでトイレに入ってきた人にぶつかってしまった。

拍子に、その人が持っていた資料が床に散らばってしまう。

……まずい、やってしまった。

明日の海の格好やこの後の食事など、何か考え事をしていると注意が散漫になりがちなのは、俺の悪い癖だ。気を付けないと。

「す、すいませんっ――お、俺、ちょっと急いでて……すぐ拾いますから」

「ああ、いえお構いなく。不注意だったのは私もですから――」

ちょうど同じ紙を拾おうとそれぞれの手が伸びた瞬間、スーツの人の動きが止まった。

「――なんだ、誰かと思ったら真樹じゃないか」

「え?」

名前を呼ばれて顔を上げると、

「！　……父さん」

そこには、忘れようのない人が。

「久しぶりだな、真樹」

その人は、俺の父親である前原樹《いつき》。

いつもと変わらぬ優しい微笑みと大きな手で俺の頭を撫《な》でてくれた父さんは、俺の前からいなくなったときと同じ顔で、そこにいた。

父さんは、俺の記憶ではお馴染《なじ》みの、いつものスーツ姿で俺の目の前に現れた。

もちろん、スーツの色やネクタイの柄まで同じというわけではない。しかし、着こなし方はまったく変わらずのままだった。

短めに刈られた髪も。

それから、いつもほんの少しだけ付けていたお気に入りの香水の匂いも。

一年経《た》っても、俺がいつも見ていたとおりの父親だった。

「偶然だな。まさかこんなところで会うなんて……この前会ったのは、確か夏休み前ぐらいだったよな？」

「うん。その時は夏で、びっくりするぐらい暑かったのにね。今は逆に着こんじゃって。冬になっちゃって」

「すまんな。本当はもっと会う時間を作るべきだったんだが……あの後、また仕事が忙しくなってしまってな」

「じゃあ、今日もそう？」

「まあな。たまたまここが次の仕事の案件になって……今日はその帰りってところだ。といっても、これから会社に帰るってだけで、仕事はまだたくさん残っているんだが」

ぱっと見た資料の文面だけを読み取る感じ、この駅ビルが何年後か先に建て替えになる計画なようで、それに父さんが関わっているようだ。

父さんは大手の建設工事の会社に勤務していて、民間の会社や国などの取引先と、大きな案件の仕事を数多く担当している。

「大変そうだね。体、大丈夫?」

「心配するな。健康診断はこまめに受けてるし、体力には自信がある」

そう言って、父さんは俺に笑いかける。父さんはすでに四十代も半ばだが、大学時代にラグビーで鍛えたという体は今も健在で、全体的にがっちりと締まっていて、背も高い。

そして、高校生の子供がいるとは思えないほど若く見える。

俺は父さんの子供のはずだが、母さんの血を色濃く受け継いだせいか、父さんにはあまり似ていない。いつだったか親戚のおばさんに『やっぱりお父さんと目元がそっくりね』と言われたが、それはきっと気のせいか、適当に言っただけだと今でも思っている。

「ところで、今日はどうしてここに……って、そりゃ遊ぶためか。真樹も、もう高校生だもんな。それぐらいするよな」

「あ、いや、俺は買い物で……ほら、ちょうど今履いてるスニーカー、ボロボロだから」

「ん、そうだったか。友達は……できたか?」

「まあ、現状維持だよ。前に会った時と」

俺は咄嗟《とっさ》にそう答える。本当は海がいて、天海さんがいて、最近では望と学校でも良く話すようになったりで、以前とは比べ物にならないほど人間関係に変化があったわけだが。

……それは、言わなかった。

なんとなく、言えなかったのだ。

「そっか……すまん、変なこと訊《き》いたな」

「いいよ別に。俺はいつも通り頑張ってるから。それより、ここでいつまでも俺と話していいの？　俺は久しぶりに話せて嬉しい……けど、会社に戻らなきゃなんでしょ？」

「っと、そうだった。というか、用を足すのもまだだしな」

別に父さんとこれ以上話したくないわけではないのだが、今は海と天海さんを待たせているので、早々に切り上げたほうが面倒はないだろう。

離婚時の約束で、俺の高校卒業までは、一か月か二か月に一度は会うことになっているので、いずれまた会えるだろうし。

『（朝凪）　真樹、まだ？』

『（あまみ）　真樹く～ん、おにく～』

ちらりとスマホの画面に視線を落とすと、二人から催促のメッセージが。

ということで、父さんとの再会はそこそこにして、今は彼女たちを優先だ。

それに、父さんにも待ち人がいるようだし。

「――前原部長、あの……」

「！　湊《みなと》か、待っていろと言ったろう？」

「申し訳ありません。待っていたのですが、いつもより戻ってくるのが遅かったですし、それに、話し声も聞こえてきたので……」

父さんに声をかけたのは、グレーのスーツに身を包んだ女性だった。父さんのことを部長と呼んだので、おそらく会社の部下の人か。

きりっとした瞳の、とても綺麗《きれい》な女の人だった。

「父さん、その人は？　あと、やっぱりまた昇進したんだね。おめでとう」

「ありがとう。給料据え置き、苦労は二倍ってところだがな。まあ、やるヤツが俺ぐらいしかいなくてな。で、この人は俺の部下の湊。湊、俺の息子の真樹だ」

「！　部長のお子さん――どうも、湊京香《きょうか》と言います」

「あ、えっと……前原真樹です。どうもご丁寧に……」

渡された名刺に『主任』と書かれているので、この人も相当仕事ができるのだろう。おそらく年齢は二十代後半ぐらいだろうが、主任でも、それが大企業だと中々なれるものではないと聞く。

「じゃあ、仕事が忙しいみたいだし、俺はもう帰るよ。父さん、また」

「ああ、また」

「……」

手を上げる父さんと、その父さんの隣で小さく頭を下げる湊さんと別れ、俺は早足で海と天海さんの待つ場所へ。

父さんと話したのはほんの数分のはずだが、待つ人にとっては、それが案外長かったりする。俺の姿を真っ先に見つけたのは海だったが、頰《ほお》を膨らませているのがわかった。

「真樹、ちょっと遅かったね。迷子？」

「まあ、そんなところ」

父さんと会ったことを話すべきか迷ったが、話すとちょっと長くなるし、今は天海さんもいるので、黙っておくことに。

買い物の疲れもあるし、俺もさすがに空腹なので、あまり余計なところに労力を使いたくはない。

「ごめんな、海。心配かけさせて」

「いや、別にちょっと遅いなって思っただけだし。まあ、こんな大勢の人がいる所で迷子の案内されなくてよかったね。城東《じょうとう》高校一年生、前原真樹君？」

「それはマジでよかった」

高校生にもなってそれは本気で恥ずかしい。それに、おそらくまだビル内にいるであろう父さんや湊さんに聞かれたら赤っ恥どころじゃない。

「ねえねえ真樹君。海ったらね、今はこんなだけど、実は真樹君が戻ってくるちょっと前までずっとそわそわしてて——ぶぎゅ」

「夕〜？　無駄話は良いからさっさと行きましょうね〜？」

「む〜、むむむ〜」

「ほら、真樹も。……行こ」

「うん」

海から差し出された手をとって、俺は二人と一緒に本日最後のお店である焼肉食べ放題の店へと向かっていく。

「……あのさ、海」

「ん？　なに？」

「……いや、やっぱり海ってかわいいなって思って」

「はったおすぞおまえ」

「じょ、冗談、冗談ですすいません」

これから長い付き合いになるので、いずれは海にも父親のことを話す時は来るのだろうが。

（ヘンなものを抱え込んでいるつもりはないけど……でも、なんか嫌な感じだな）

海、天海さん、望。そして、父さん。

脳裏にちらつく色々な人の顔に、俺は心の中でそう呟いた。

去年のクリスマスイブの日。

母・前原真咲《まさき》と父・前原樹は離婚した。

離婚の原因は、はっきりとはわからない。理由を知りたいと思うことは今までに何度かあったが、母さんの気持ちを考えると聞きづらかったたし、離婚後、父さんにそれとなく聞いても『俺のせい』としか言ってくれなかったから、俺も、過去のことはもう忘れようと、それ以降は話題にしなくなっていた。

父さんの仕事の都合で転校が多く、そういうのもあって学校では馴染めなかったが、家に帰れば母さんがいて、夜遅くはなっても父さんが必ず帰ってきてくれて、少しの時間でも遊んでくれた。

友達はいなくても、俺には帰る場所があって、父さんと母さんがいる。

学校はあまり好きじゃなくても、俺は家のことが好きだった。

でも、ある日、父さんが仕事で昇進して、さらに忙しくなってから、少しずつ、少しずつ父さんと母さんの間の空気がおかしくなっていって――。


「――き、真樹」

「……」

「……ていっ」

「！　あいたっ」

額に軽い痛みが走ったのに気づいて、俺はそこでようやく我に返った。

久しぶりに父さんに会って、季節もちょうど十二月で……そのせいで昔のことをぼーっと思い出して心ここにあらずだったが、そういえば今は海や天海さんと一緒だったのを忘れていた。

「もう、人がせっかく何頼むか聞いてあげてんのに、ずっと『ああ』とか『うん』とか生返事して……真樹、一人の時ならいいけど、あんまり他人の前でぼーっとしちゃ失礼だよ」

「ごめん……久しぶりに長い時間買い物してたから疲れちゃったかな……」

俺たち三人は、現在、夕食のために焼肉食べ放題の店に来ている。オーダー制の二時間食べ放題で、サラダバーにドリンクバー、アイスバーもついている。料金も一人二千円と、ラインナップの割にはお得だ。

「真樹君、大丈夫？　気分悪いなら、別に無理しなくてもいいからね」

「いや、平気。ぼーっとしてただけで、お腹《なか》がすいてないわけじゃないから。……あ、じゃあ俺はこの『厚切り牛タン』にしようかな」

「お、いいね。んじゃ、私は『上ハラミ』にしよっと。夕は？」

「えへへ、私は当然『骨付きカルビ』かな。あとは適当にウインナーとか、海鮮焼きセットとか頼んじゃおうよ、後、もちろんご飯もね」

そう、思いがけないところで父さんに会って余計なことを考えてしまったが、今、俺は父さんが思っているような一人ではない。

「あ、ちょっと夕、アンタってばもうアイス取ってきちゃったの？　いくら食べ放題とはいえ、さすがに盛り過ぎじゃない？」

「海だって、コーラとホワイトソーダ混ぜて子供みたいなことしてんじゃん。あんまりジュースがぶ飲みしてたら、炭酸でお腹いっぱいになっちゃうよ。あ、私のアイスは別腹だからいーの。ね、真樹君もそう思うよね？」

「いや、まあ、どっちもどっちかな……」

「え〜、そうかな〜？　海、言われてるよ」

「いや、どっちかって言うとより子供なのは夕でしょ……私はちょっとコップ一杯分だけ作ってみただけだし」

「どうでもいいけど、海も天海さんも、とりあえず野菜もちゃんと食べようね……」

今年はきっといい思い出になるはずだ。海がいて、天海さんがいて、それから……だから去年のことはもう忘れて、これからのことを考えればいいのだ。

翌土曜日、待ちに待った本番のデート日を迎えた。

布団の外は相変わらず寒いし、休日なので昼ぐらいまで二度寝を……と言いたいところだが、今日だけはそういうわけにもいかない。

「デートの待ち合わせは11時に昨日と同じ駅前……だったよな」

午前11時に海と待ち合わせ——昨日、何度も確認したスケジュール表に、なんとなくもう一度目を通してみる。

現在はまだ朝で、約束の時間まではかなりある。なので、移動の時間含めて考えても寝間着のままでゆっくりしてて構わないのだが、海と初めてのまともなデートなので、なんだかそわそわして落ち着かない。

このまま変にじっとしていても仕方ないので、軽く朝ご飯を食べた後、前日購入した服に袖を通すことにした。

「……まあ、こんなもんか」

姿見に映る自分の姿——似合っている、かどうかは確信できないが、いつもの黒系一辺倒よりは随分マシだと思う。

これからこういう機会も増えていくだろうから、海に恥ずかしい思いをさせないためにも、少しずつファッションに興味を持つべきか。だが、そうなるとお金がいくらあっても足りない。母さんは『海ちゃんのためでもあるから必要な分だけ出す』と妙に張り切っているが、しかし、母さんと二人暮らしであることを考えると、あまり家計に負担になるようなことはしたくない。

そうなると、やっぱりアルバイトか。高校生にもなるとやっている人も多くいるので珍しいことではないが、果たして俺にそんなことができるだろうか。

いや、あと数年もすれば否応《いやおう》なしに社会に放りだされるので、腹をくくるしかないし、それに将来的には海と……いや、その先を妄想しだすと止まらなくなるので、今はこの辺にしておこう。

とりあえず、今日のデート代までは、母さんからの厚意をありがたく頂戴しよう。何かあった時のためにと、昨日の服代とは別に一万円もらっているが、今回は割り勘なので、無駄遣いしなければ大丈夫なはずだ。

服は着替えたし、持ち歩くものもバッグに全部入れた。

「あとは一応、細かい身だしなみだけど……」

ヘアワックスを手にとって、海に教えてもらった通りに髪をいじくるが、これがなかなか難しい。

クラスでも指折りの可愛《かわい》い女の子の一人と仲良くなり、その上これからデートをすることになり、鏡の前で自分の髪型について十数分もの間うだうだとやっている――夏休み明け直後の俺に言っても、きっと信じないだろう。

「……なんか海にしてもらったのとは違う気が……でも、これ以上やるとおかしな方向に行きそうな気も――」

と、いつまでも自分の前髪と格闘していると、来客を告げるインターホンが鳴った。

この忙しい時間にいったい誰が……と思ったが、この時間の来客なんて、考えられるのは一人しかいない。

『……よっ』

「海」

『……寒いので、とりあえず開けてくれると嬉《うれ》しいです』

「あ、うん。入って」

今日は本来待ち合わせのはずだが、個人的にはどちらでもいいので、ついでに髪型のほうを見てもらうことしよう。

「――――お」

だが、海が部屋に入ってきた瞬間、そんな考えはあっという間にどこかへと吹っ飛んでしまった。

彼女の姿を見た瞬間、まず先に綺麗だと思った。

ファッションのことはまだ不勉強なため、服の色合いがどうとか、服の種類は、デザインはどうとかまではわからないが、とにかく、それが正直な感想だった。

もう何度も一緒にいて見慣れているはずなのに、見惚《みと》れてしまった。

「もう。何ボケっとしてんの？　ほら、朝の挨拶。おはよ、真樹」

「あ……ああ、うん。おはよう、海」

「よし。じゃあ、お邪魔します。……ふー、やっぱり真樹の家はあったかいな～。真樹、コーヒーと紅茶、どっちにする？」

「じゃあ、紅茶で……って、俺やるよ」

「いいの。今日は私やるから、真樹はソファに座って待ってて。ほーらっ」

勝手知ったる……といった様子で、海はリビングに入るなり、二人分の飲み物を用意しだす。カップ、角砂糖、コーヒーその他の位置——最近は一緒にやることがほとんどなので、前原家のキッチン事情は全て把握されている。

「砂糖とミルクは？」

「今日は無しがいいかな。目を少し覚ましときたいし」

「ん。んじゃ、私もそうしよっかな」

飲み物を用意する海の横顔に目が行く。ごく薄く化粧をしているのだろうか、いつも以上に頰《ほお》が白く綺麗で、リップを塗った唇が控えめに照っている。眉や睫毛《まつげ》はわからないが、多分、しっかりと整えているはずだ。

見える範囲だと、アクセサリ類はヘアピンぐらいだろうか。だが、ピアスやネックレスなどつけなくても十分なぐらい、なんだかキラキラとしたオーラを放っている気がする。

化粧で女性の印象はかなり変わるらしいが、実際のその効果を目の当たりにするのは初めてだった。化粧は母さんもしているが……まあ、それはノーコメントということで。

「はい、お待たせ。隣、座っていい？」

「……どうぞ」

「うん」

お尻をずらして空いたスペースにそのまま収まる形で、海が俺のすぐ隣に腰を下ろした。

香水だろうか、いつもと違う、でもとてもいい香りがする。

「真樹、今、私の足——っていうか太もも見てたでしょ？」

「っ……いや、だって、寒そうだなって思ったから」

触れるかどうか迷っていたが、今日の海のスカート丈は短いし、しかもタイツもはいていないから生足状態である。

俺だって男だ。どうしてもそっちのほうに目が行ってしまうし、その女の子が海なら尚《なお》更《さら》だ。

「そりゃ実際寒いよ。家出てから真樹の家来るまで、正直な話、ちょっと後悔してたもん」

「なら、そんなに無理しなくてもいいのに」

「それはおっしゃる通り。でも、せっかくだし可愛いところ見てもらいたいじゃん？　真樹に……その、一番仲の良い男の子にさ」

海の手が、俺の手の甲にそっと置かれる。こんな感じで手を繋《つな》ぐのはもういつものことだが、今日はなんだかいつもよりもずっと恥ずかしい気がして、目を合わせられない。

「それはまあ……とりあえず、めちゃくちゃ気合が入っていることは伝わるけど」

「でしょ？　こう見えて、昨日の夜と今日の朝で、結構悩んだんだから。昨日真樹に選んであげた服と合わせて浮かないように、かといって合わせすぎて地味になりすぎないように――とか」

「……そういえば、そっか」

俺は昨日買った服を着ればいいだけだったので考える必要はなかったが、海は数ある選択肢の中からあれこれ考えなければならない。

俺との並びまで考えてのチョイスはさすがに気を遣いすぎだろうが、しかし、それが朝凪海という女の子であって。

「じゃあ、待ち合わせじゃなくて俺の家に迎えにきてくれたのって……」

「うん。迷惑かなって思ったけど、でも、やっぱり早く見てもらいたくて」

それは格好を見てすぐわかった。

まったくセンスのない俺から見ても、それぐらい、今の海は可愛いと思った。

「ねえ、真樹から見て、今日の私どうかな？」

「どうって……その」

「私を最初に見た反応でなんとなくわかってるよ。でも、ちゃんと感想も聞いておきたいなって。言葉で……その、似合ってるって」

最初のタイミングで見惚れてしまって言いそびれたが、俺もそれはちゃんと伝えておきたい。

すぐ言うのと、時間が経《た》ってから言うのとでは、前者のほうがきっと、伝えられるほうも嬉しいはずだから。

「……その、改まってこんなこと面と向かって言うの、恥ずかしいんだけどさ」

「うん。……なに？」

頬が気恥ずかしさで熱を帯びているのを感じながら、俺は海へ伝える。

「──き、綺麗だよ、海。正直、見惚れた」

「…………」

もっと色々褒めるための言葉はあるのだろうが、これが、不勉強な俺の、今、海にかけてあげられる精一杯だった。

「そ、そう。あ、ありがと……それなら、まあ、頑張った甲斐《かい》はあったかな」

「そ、そっか。なら、よかったけど」

「うん。……へへ」

月並みな言葉だが、とりあえず海も満足しているようだし、ひとまず良かった。

……朝っぱらからすごく恥ずかしいけど。

結局この後、海と一緒にゲームをしたり、漫画を読んだり、ぼーっとテレビを見ながらお喋《しゃべ》りして予定の時間まで過ごした。

……つもりなのだが、妙に隣の海を意識してしまう。コーヒーを飲んでいても、テレビを見ていても、自然と視線が海の方へと行ってしまうのだ。

海は相変わらず柔らかくて、いい匂いがする。

というか、昨日同じようにお腹《なか》いっぱい焼肉を食べたはずなのに、どうして俺からはニンニク臭で、海からは甘い匂いしかしてこないのだろう。訊くところによると、朝風呂に入ったり、口臭のエチケットもしっかりしてきたというが。

「はい、タブレットとガム。私は慣れてるから平気だけど、周りの人はそうじゃないからね。しかも今日は映画だし」

「ほい」

海からもらった二つを口に放り込み、玄関で昨日購入したブーツ（ショートブーツとかワークブーツとかいうらしい）を履く。

普段は安物のスニーカーをボロボロになるまで毎日使うスタイルだったので、こういうのは新鮮な気分だが、慣れないせいか、なんだか足が窮屈な感じがする。

「真樹、忘れ物ない？　お財布はバッグに入れた？　ハンカチないなら私二枚もってきてるけど？」

「いや、それはさすがに大丈夫……って、なんか海お母さんみたいだな」

「かな。ほら、真樹ってちょっと抜けてるっていうか、だらしないとこあるじゃん？　だからさ、なんかこう、私が見てあげなきゃーって、そんな気になっちゃうんだよね。真樹も素直に甘えてくるし。そういうのも可愛いなって思っちゃって」

母性本能をくすぐる感じだろうか。積極的に世話を焼いてくれるので、海としては好きでやっているのだろうが……これからはもっとしっかりしないと。

「じゃ、行こっか」

「ああ」

玄関を出て、二人並んでエレベーターに乗り込む。

「ふぃ～、念のため用意はしてたけど、やっぱりタイツ一枚あるのとないのとでは全然違うね」

「そりゃそうだよ。こういう時は無理せず『寒い』っていう体の本能に従ったほうがいいんだって」

生足で家に来た海だったが、さすがに足が冷えるということで、タイツを着用してもらうことになった。可愛い格好を見せたいという海の気持ちはわかるが、俺としてはこのほうが色々と気を遣わなくていい。目のやり場的に。

「あ、でも、駅の階段の時とかは、私のすぐ後ろに立ってちゃんと守ってね。このスカートの短さだと、屈《かが》めば普通に見られちゃうからさ」

「そうなの？」

「うん。男の人はそういうのが好きな人もいるみたい。いつもじゃないけど、やっぱりたまに視線は感じるかな」

盗撮とか、そういうことだろう。俺にとってはそういうのはニュースの中だけで縁遠い世界だと思っていたが、海みたいな女の子と一緒にいると、一気にそれが身近なものに感じる。

「わかった。できるだけ気を付けるよ」

「ありがと。あ、でも、守ってくれる人が実は覗《のぞ》いてるってパターンもあるからな〜……真樹って普通にえっちだし。実はさっきのゲーム中も、私が負けて悔しがってた時とか、さりげなく見てたでしょ？」

「うぐっ」

やっぱりバレている。見たのは一瞬で、しかも海も画面に集中していた状態だったはずだが。女の人にはわかるものなのか。

「……えっと、ごめん」

「ああ、大丈夫大丈夫。別に怒ってるとか、そういうわけじゃないから。今日の服装だと、見られても文句言えないのはわかってるし……でも、その代わりちょっと聞いてもいい？」

「……なんでしょう」

「ふふ、えっとね～……」

腕を絡めて俺に密着してきた海が、耳元でくすぐるような声で囁《ささや》いた。

「──で、そこんとこどうだったん？」

「な、なにが」

「なにがって、わかってるくせに～」

「……そ、そこまでまじまじと見てないから」

一瞬だが、ちゃんと覚えている。こういう時に限っての高校一年の男子の記憶力を馬鹿にしてはいけない。

それは多分、きっと俺だけではないはず……というか、そうだと思いたい。

「とにかく、ノーコメントで」

「ふ～ん。ま、仕方ないからそういうことにしておいてやろう」

「し、仕方ないもなにも、そういうことだから」

「もう、意地張っちゃって～。このこのぅ」

「だから、頬突っつくのやめっ……」

今日の服装についてはかなり悩んだという海だから、もしかしたらそういうところも……いや、もうこういうのを考えて色々と妄想を膨らませるのはやめよう。

冷静に考えて、今の俺、ものすごくキモい。

「へへっ、今日はなんだか楽しくなりそうだね。っていうか絶対楽しんでやるんだから覚悟しててよ」

「俺、始まる前から疲労がすごいんですけど」

こうして海に手玉に取られっぱなしの俺だが、ゲーム以外で、果たしてやり返せるような日は来るだろうか。

まあ、今のままでも全然悪くはないのだけど。

海にからかわれるのは、別に嫌いじゃない。


こうして予定より少し早く、俺と海の初めてのデートは始まりを告げた。

今日の予定でとりあえず決まっているのは、映画を観《み》にいくことだけ。なので、その後は二人で街をぶらつきながら適当に動くことにしている。

「海、手はどうする?」

「う〜ん、まあ、今日はせっかくのデートだし、」

そう言って、海が指を絡ませてきた。

「これでいこっか」

「ん……まあ、今日も冷えるしな」

「真樹はただ私と繫《つな》ぎたいだけっしょ～？　もう、本当に甘えん坊さんなんだから～」

「……じゃ、やめる」

「却下だっ。へへ」

がっちりとホールドされてしまったので、今日一日はしばらくこれだろう。

手汗で海の手を汚さないか、今から心配である。

機嫌よさげな海と一緒に歩いて駅へと向かう途中の道の信号待ち。

ふと、ドラッグストアの建物のガラスに、俺と海、それぞれの姿が映っているのを見つけた。

予算いっぱい使ってコーディネイトしてもらったので、服装という観点でいえば、並んでいてもそう不自然ではないと思う（顔はひとまず除く）。

どこにでもいそうな、ちょっと背伸びをした高校生の男女——だが、それは全て海が気を遣ってくれたおかげであることを忘れてはいけない。この結果は、すべて海が気合を入れて考えて、悩んでくれたからこそなのだ。

俺の容姿は今さら変えられないし、それをネタにされても構わないけれど、そんな俺のことを『大好き』だと言ってくれた海まで一緒にされるのは嫌だ。

だから、せめて自分の力でできるところぐらいは、なんとか改善していきたい。

……海の恋人（になる予定）として。

「？　真樹、どした？」

「……これからも、色々教えてくれると嬉《うれ》しい。俺、頑張るから……その、」

「その？」

「……う、海のために」

海の手を握る力をちょっとだけ強くして、すぐそばの海にだけ聞こえるぐらいの声でぽつりと言う。

面と向かって言うのは恥ずかしいが、これだけは言っておかないとと思った。

「……ふ～ん」

「な、なんだよ」

「いや、今日の真樹、なんだか一段といじらしくて可愛《かわい》いなって思っただけ」

「……男の可愛いって、それ喜んでいいのか？」

「普通はあんまり良くないと思うけど。でも、私から真樹への言葉だったら、喜んでくれていいよ。約束する」

「そっか。……じゃあ、ありがとう。嬉しいよ」

「ふふ、どういたしまして」

そうやってはにかむ海の顔が眩《まぶ》しくて、俺は反射的に目をそらした。

最寄り駅につく前からすでに十分すぎるほどじゃれついている気がするが、本来の目的も忘れてはいけない。

事前に言われていた教え通り、海のスカートをすぐ後ろで守護しつつ、昨日も来た駅を降り、そこからシネコンの入っている大きな建物へ。

家は予定より早く出たつもりだったが、途中の道をゆっくり歩きすぎたせいで電車に一本乗り遅れ、映画館に到着した頃には上映時間ギリギリとなっていたのだ。

「えっと、今日見るのは恋愛映画だっけ？」

「うん。一応ネットでバズってるっぽいから。女子高生としては一応チェックしておかないとね」

今日見るのは、テレビドラマで高視聴率を獲得し人気を博したものの劇場版で、一応、作品名で検索すると、『感動しまくり』『尊死』『エモすぎやばい』『〇〇くん（主演の役者）かわいい』など、割と好評（？）のようだ。

ラブコメは好きだが、こういうしっかりとした恋愛ものは好き好んで見るジャンルではない。だが、一応、海との初めての休日デートだし、たまにはこういうのもいいだろう。

もしかしたら、意外と面白くてハマる可能性も……ちょっとはあるかもしれないし。

周りも俺たちのような中高生たちばかり。列に並んでいるのも、女の子のグループが多く、他は俺と海のようなカップルがほとんど。一人の人はほぼいない。

席の購入は海に任せて、俺の方は軽食売り場へ行くことに。

「あ、そうだ海、飲み物どうする？」

「メロンソーダかジンジャーエール」

「ポップコーンは？」

「キャラメル」

「わかる」

普段はコーラだし、ポップコーンは塩味とかバター味が鉄板だと思うが、こういうところでは別だ。だが、映画のあとに昼食もあるので、サイズはSサイズにしておく。値段も何気に高いし。

すでに予告編の映像が流れている中、俺たちは体を縮こまらせて隅っこの席へ。

とりあえず他の人の邪魔にならないようさっさと座って……と思ったが、チケットに書かれていた通りの座席番号まで行くと、何かがおかしいことに気づく。

「？　なにやってんの、真樹。ほら、後ろがつかえてるんだから早く座らないと」

「うん。わかってるけど……でも、この席、カップルシートじゃない？」

カップルシート。二人でくっついて座れるようにソファのようになっている座席で、一人で映画に来るような人たちには煙たがられるだろうな、という場所。

そう言えば、チケットに書かれている代金が通常よりちょっと高いなと思っていたが、これが理由だったか。

「えへへ、実はずっとどんな座り心地なんだろ、って気になってて。ちょうど一席だけ空いてたし、今日はデートだし、いいかなって」

「確かにそうなんだけど……でも、俺たちまだ一応友達っていうか……」

「もう、つべこべ言わない。家で映画見てるときはこんな感じだし、別にいいでしょ？」

「ホラー見てるときな……まあ、もう買っちゃったわけだし、素直に座るけど」

海に促されるまま、カップル席へと腰を落ち着ける。

高めの料金設定だけあって、やはり普通の席よりも座り心地がいいし、それにゆったりと座れる。これならゆっくり映画に集中できそうだ。

「……あの、海さん」

「ん？　なあに？」

「……どうして座るなり俺の腕に抱き着いてくるの」

ポップコーンと飲み物を専用のトレイにのせて、スクリーンのほうへ目を向けたところで、柔らかい感触が俺の腕に伝わってきた。

「だって、ここカップルシートだし、それっぽい雰囲気出した方がいいかなって。ほら、同じシートに座ってる人たち、だいたいやってるよ？」

ちらりと近くのカップルシートに座っている人たちを見ると、確かに、お互いに密着し、映画そっちのけでいちゃついているような。

「それとも、真樹は私とこんなことするの、嫌？」

「……別に嫌じゃないけど」

嫌じゃないからこうしてくっついたままだし、そもそも海と仲良くしたいから、勇気を出して、こうしてデートにも誘ったわけで。

「ふふん、真樹ってば素直じゃないんだから。つんつんっ」

「わ、脇腹を突っつくな……ほら、もう本編始まってるんだから、映画見るぞ」

「はーいっ」

俺も海も声は抑えているが、これ以上は周りにも迷惑なので、ここは観念して海のやりたいようにさせてあげることに。

「ね、真樹」

「今度はなに？」

「……こんなとこ、夕とか新奈とか、クラスの誰かに見られたらどうしよっか？　なんか、ドキドキしちゃうね？」

「……ならやめてもいいけど」

「やだ」

そう言って海がさらに腕をぎゅっと抱きしめてくる。

……数ある座席のどこかに、クラスメイトがいないことを祈るばかりだ。

とりあえず、これからの約二時間は、ちゃんと映画に集中しよう。

最初のうちは、そのつもりだったのだが。

（──つまらなくないか、これ）

上映が開始されてから三十分ほど。

俺の眠気はすでにピークに達していた。

二人で食べるために買ったポップコーンとメロンソーダは開始十分で早々に消し飛び、さて後はゆっくりストーリーを追って……というところで、追いかけてきたのはあまりの退屈さによる眠気だった。

学園を舞台にした恋愛物なのは事前に調べて知っていたが、脚本があまりよろしくないのか、ストーリーがなんだか頭に入ってこない。なんの脈絡もなくいきなりヒロインが余命〇か月の謎の不治の病にかかって死亡したり、死んだはずなのにいきなりまた登場して、今ちょうど、主人公と現在の彼女との間で修羅場っているところだ。

他にもツッコミどころ満載なので、ネタとして考えれば楽しめるのかもしれないが、周りの人たちはスクリーンに釘付《くぎづ》けなので、そういう雰囲気でもない。

（これ多分、またふわっとした理由で『ありがとう』とか言って消えちゃうんだろうな）

主演を務めている男性アイドルグループの人の泣き顔とともに、なんかこう、説明できないが『エモい』感じのしんみりする曲が流れている。

こっそり、ほんの一瞬だけスマホを覗《のぞ》くと、あとまだ一時間以上は残っている。

さて、この苦行、どうやって切り抜けようか。

眠気がすごいが、一応今は海とのせっかくのデート中だし、映画中に寝るなんて失礼なこともできないし。それにお金もちゃんと払っているわけで、見ないのももったいない。

ちらり、と海の顔を窺《うかが》ってみる。

海が映画の内容をどう思っているかはわからないが、今のところはしっかりと目の前のストーリーに集中しているようだ。俺の視線にも気づいている様子はないし、目じりには光るものもある。

俺と海、二人の映画の好みはほぼ同じなので、もしかしたら海も退屈なのかなと思ったが、そこは海も年頃の女の子ということか。

とにかく、海がちゃんと見ているのならと静かに気合を入れなおすと、次の瞬間、スクリーンいっぱいにベッドシーンが展開され始めた。

(なんか無駄にエロいような……)

今までは微妙な演技を繰り広げていた主演の二人だが、この場面だけはなぜだか気合が入っているように見える。年齢制限なしだったのできわどいシーンには配慮があったりはするものの、かなり激しく交わっている（俺の主観では）ので、そこは驚きだった。

これを楽しめている人は、ここらへんでいいムードになるのかな……と眠気に耐えながらぼんやり考えていると、

「……んぅ」

ぽす、と俺の肩によりかかるものがあった。

「う、海……？」

「ん……真樹ぃ……」

俺の声に反応したのか、隣に座っている海が、甘えるようにして俺の腕に抱き着いていた。

髪の毛からふわりと漂うシャンプーの香りと、腕に押し当てられる柔らかな感触に、思わず胸が高鳴ってしまう。

「う、海、あの……」

まさか、無駄に長く繰り広げられているラブシーンで気持ちが高まってしまったのだろうか。しかも、甘えるように俺の腕に頬《ほお》まで擦り付けてくるなんて初めてだから、余計に戸惑ってしまう。

手はずっと握ったままだが、こういう時、いったいどうするのが正解なのだろう。周りは暗いとはいえ、だからといって映画館でじゃれ合い過ぎるのは良くないし、といっても

無反応なのも――。

（……いやいや、よくないだろそれは）

甘える海の威力が強すぎてちょっと揺らいだが、やっぱり今は抑えないと。

自分の家ならまだしも、ここは映画館で、一応は公共の場だ。俺に気を許してくれている海には悪いが、ここはマナーを最優先しないと。

「あ、あのさ、海、そういうのはもっと違うところで――」

そう忠告すべく、海のほうへ体を寄せた瞬間、

「かぁ……んがっ……」

「……いや、寝てるし」

どうやら舞い上がっていたのは俺だけだったらしい。

流れるBGMと退屈なストーリーを子守歌にして、海は、俺の体を抱き枕代わりに、すやすやと気持ちよさそうな顔で寝ていた。

どうやら海も俺と同様、必死に眠気と格闘していたようで、ちょうどベッドシーン直前で耐え切れなくなったのだろう。目に浮かんでいた光るものは、欠伸《あくび》でもしたときに出てしまったようだ。

（……そういえば、俺なんかよりずっと朝早くに起きてたんだっけか）

そうとは気づかず、一人で勝手に焦ってドキドキして。

内心、ちょっと恥ずかしい。

「まきぃ……へへ……んぅ」

「……ったくもう、どんな夢見てんだか」

いびきや寝言が周りに聞こえないよう、海の口元にやさしくマフラーを巻いてあげてから、映画が終わる時間までずっと、俺は海の抱き枕で居続けた。

「――だって、クソつまらなかったんだもん」

エンドロールが終わり、室内が明るくなるまで俺の隣でまったく起きることなく、気持ちよさそうに口元からよだれを垂らしていた海の言葉である。

「せっかくだからネタバレとか見ずに行ったんだけど……くっ、こういう時に限ってハズレを引いてしまうとは」

「映画あるあるだな」

「それ」

映画館から出た後、二人で詳しい感想などをポチポチと検索して見たが、やはりというか、俺や海が感じていた通り、好き嫌いの層がはっきりと分かれていた。

話の流れとしては典型的なお涙頂戴だったので、刺さる人には刺さるような出来だったと思う。主題歌や劇中歌などは有名な歌手を起用していて、曲も悪くはなかったし。

上映が終わった後、中にはボロ泣きしていた女の子たちもいたので、そういう層には受けて、そうでない層はしらける――評価としては、そんなところだろうか。

ともかく、俺、寝ないでよく頑張った。

「うーむ、やっぱり変に特別なことせず別の作品にするべきだったか……実はさ、隣のスクリーンでやってた『改造巨大人喰《く》いザメ対最強ギュスターヴ対巨大深海クラーケン対暴走殺人アンドロイド　時空を超えた超決戦』ってのやってて」

「なにそのオールスター」

「ね。お口直しに見に行きたいところだけど、さっきの回で上映終了だって。早期のブルーレイ化を要求する。されない可能性が高そうだけど」

まあ、映画に関してはハズレだったものの、その分、最近ではあまり見られなくなった海のだらしない寝顔を見られたし、俺的には決して悪いことだけではなかった。

それに、デートの目的は映画ではなく、海と一緒の時間を過ごすことなわけで。

ただ、海の口元から垂れたよだれが俺のマフラーに染みを作ったのだけマイナスだが。

「さて、昼寝もばっちりで疲れも取れたところで、次はご飯行こっか」

「だな。どこ行く？　無難にファミレスとか？」

「それでもいいけど、今回は私がちゃんと考えてきてます。今日はちゃんとデートっぽいとこ攻めてくよ」

「映画から教訓を学んでもなお泥沼に足を突っ込もうというのか……さすがにちゃんとした店なら大丈夫だと思うし、海がそう言うんだったら付き合うけどさ」

「へへ、そうこなくちゃ」

そんなわけで、次は最近オープンしたばかりだというカフェへ。

ＳＮＳや雑誌などにも度々紹介されているらしく、お昼のピークを若干過ぎたあとも行列が出来ていた。

案内の看板によると、三十分待ちらしい。

「むう……待つのはいいけど、この季節ではさすがに……真樹、大丈夫？　寒くない？」

「俺は大丈夫。秘密兵器仕込んでるから」

「？　なにそれ」

「これ」

そう言って、俺がバッグから取り出したのは貼る用のカイロ。

寒いことはわかっていたので、実は出かける前に両足に一つずつ付けてきたのだ。長時間持続タイプで、このぐらいの待ち時間でも安心あたたかい。

冬における寒がりの必需品である。

「もう、やっぱりこういうの大量に持ち込んで」

「海もいる？」

「くれ」

「ほれ」

「さんきゅ」

さすがに足には貼れないので、上着で隠すようにして、腰のあたりにぺたりと一つ。

ほどなくして、すぐに効果が現れたようだ。

「むう……なにこれすごいいいんですけど」

「小さいのもあるから、あとで足にもつけな」

「うん。……ふふっ」

「……なぜそこで笑うか」

「ごめんごめん。でも、真樹と一緒にいると、やっぱりこうなっちゃうな〜って思ってさ」

そう言いながら、海は、俺の方に体をぴったりと寄せてくる。短めに切りそろえられた柔らかな髪の毛が俺の頬を撫《な》でてくすぐったいものの、それを不思議と不快には思わない。

「あ、もちろん悪い意味じゃないよ。ファッションをしっかり決めて、お店選びもちゃんとしてって……でも、どれだけ普通のデートコースをなぞっても、どことなく緩い雰囲気になっちゃうっていうか」

「そうかな？　俺としては結構頑張ってるつもりだけど」

「私もそう思うよ。でも、いきなりバッグから貼るタイプのカイロを、しかも大小のサイ

ズまとめて取り出してくるのは、やっぱり真樹らしいかなって。あれ？　実は真樹ってお
じいちゃんだったりする？　もう七十五歳越えてたりしてない？」
「六十年ぐらいはまだ猶予があるはずだけど」
だが、おじいちゃんっぽいといえば、そうかもしれない。カイロを良く使うのは、俺が
幼い頃、母方の祖父母が良く俺に持たせてくれたからだ。そして、母さんも。
少し前まで俺には友達がいなかったけれど、その分、家族にはちゃんと愛されていたと
思う。人見知りとぼっちをこじらせて微妙に歪《ゆが》んでいた心根がそれでもかろうじて倒れな
かったのは、そういうところも影響しているのかもしれない。
だからこそ、こうして海にも見つけてもらえたわけで。
「まあ、海の言いたいことはわかったとして。で、今の俺はどう？」
「どうって？」
「その……今のところ、俺は海のデート相手をちゃんとやれてるかなって」
気になっているのはそこだった。
デート前の朝から今まで、海はずっと機嫌よく笑っているので、俺と楽しく休日を過ご
してくれているのは、なんとなくわかる。
では、デート相手として、友達としてではなく、異性としてはどうか。
海のことをもっとドキドキさせたり、男らしいところを感じてもらっているかというと

……それはまだできてないと思う。

「……俺さ、今まではこういうの、結構馬鹿にしてたんだ。バカみたいに長蛇の列を作って、ただメシを食べるだけなのに、なんて無駄な時間を過ごして……って」

「じゃあ、実は今もそう思ったりしてる？」

「まさか。そうだったら、ちゃんと正直に別のところに行こうって言うよ」

でなければ、こんな寒空の下、じっと店内に入るのを待ったりはしない。お腹《なか》もすいているし。

「その……実は今、俺、結構楽しいかもって思ってるんだ。ただ待ってるだけの時間なんだけど、それでも海にこうしてカイロを貼ってやって、まるでおじいちゃんだ、だなんてどうでもいい話して……俺たちと同じだから、皆、待ってても嫌そうな顔はしてないのかなって」

今もそうだが、俺たちの周りで同じ状況にある人たちも似たような感じである。

寒いね、そうだね、ところでこれ見てよ、なにそれめっちゃエモい。

くだらない会話だが、でもそれが楽しそうに見えて。もちろん、例外もいるだろうが。

見てるだけでは『無駄』だと思っていたもの……それが、実際に自分が同じ立場になってみると、それがただの偏見に満ちた考えだったことに気づいた。

隣にいる女の子が、それを教えてくれた。

「もしかしたら俺なんかまだまだデート相手には相応《ふさわ》しくないかもだけど……でも、俺もちょっとずつ変わろうって思ってるからさ。だから……あれ？　なんか最初の趣旨からそれてるような……まあ、とにかく、これからちょっとずつでも勉強してくから、よろしくってことで……」

なんだか要領を得ない話になってしまったが、今のところ、それが俺の正直な気持ちである。

「……ふふっ」

「な、なんで笑うんだよ」

「だって、なんか一人でわたわたして可愛《かわい》いんだもん」

「いや、こんなこと言うの、あんまり慣れてないし……」

自分から『相手としてふさわしい？』なんて聞いたくせに、いつの間にか『俺なんかまだまだだから見捨てないで』と勝手に結論を出して……やっぱり俺なんてまだまだだ。

「次のお客様どうぞ～」

「！　あ、真樹、私たちまで入っていいみたいだよ。ほら、勝手に一人で凹《へこ》んでないで、早く店の中に入ってあったまろ」

「あ、うん。そうだな」

店員さんの誘導で店内に入り、順番に席に案内されるのを待っていると、その瞬間、後ろから海が俺のことをぎゅっと抱きしめた。

「えっと、海……？」

「……大丈夫だよ、真樹。ちゃんと、ドキドキしてるから」

俺の耳元で、海がこっそりと俺に囁《ささや》く。

今はお互い厚着をしているのでわからないが、それでも、海の体からじんわりとぬくもりが伝わってきているような気がして。

「そ、そっか……なら、よかったけど」

「うん。心配しなくても、真樹は私のこ……じゃなくて、えっと、」

少し目を泳がせてから、海は続ける。

「一番仲の良い、男友達、だから……」

「えっと、うん、そう。そうだったよな」

「そう。そうだよ。うん。あ、店員さんが呼んでるから行くよ」

なんだか微妙な雰囲気になってしまったが、このむずがゆい感じ、そんなに嫌じゃない。

寒い中での待ち時間を少し耐えて、俺たちはようやく昼食にありつくことができた。

こういう店なので少々値が張ったものの、待ち時間もスパイスになってくれたのか、味のほうはとても美味《おい》しかったと思う。料理はやるが、得意というほどの腕前はない俺なので、語るだけの蘊蓄《うんちく》はないけれど。

好きな調味料はケチャップとマスタードとマヨネーズ、あとは化学調味料。

「真樹、どうだった？」

「うん。デザートまで全部美味しかったけど……でも、一つだけ不満がある」

「お、実は私もなんだよね。んじゃ、同時に言う？」

「いいけど」

店から少し離れたところを見計らって、せーの、と海が言うので、

「「──量が少ない」」

と、同時に。

「ははっ、だよね～」

「うん、まあ」

一般的に見れば標準なんだろうけれど、食べ盛りの高校生の、ちょっぴり食べる方の俺たちには、少し物足りなかった。

「ふふっ、食後にこういうのもなんだけど、バーガーでも食い行くか」

「あと、ポテトもな」

「おうよ。それにオニオンリングだってつけちゃう」

ということで、昼食を食べたばかりのその足で、二回目の昼食へ。

どれだけ普通のデートコースをなぞってもどことなく緩い雰囲気になる、というのはまさにこういうことを言うのだろう。

近くのハンバーガーショップで五分目ほどだったお腹を八分目に満たしてから、俺たちは改めて、夕陽《ゆうひ》が照らす街中へと戻っていった。

時間はただいま夕方の16時前ぐらい。俺のほうは夜まで遊んでも問題はないのだが、今日は、海のほうが夕飯の19時ぐらいまでには帰らなければならないということで、移動時間など考えると、ここで遊べるのは18時くらいまでとなる。

ということで、後二時間何をするかだが――。

「ねえ、真樹。次はさ、あそこ行ってみようよ」

「どこ？」

「ほら、あそこ。赤い看板のある」

「ん？　ん～……」

海が指差す先をゆっくりと追うと、そこには全国チェーンのカラオケ店の看板が。

カラオケ。

それは、狭い部屋の中で、そして下手すれば大人数の前で、さして上手《うま》くもない他人の歌を聞き、そして、まったく上手くない自分の歌声を聞かれてしまう場所。

「……ん～」

「こらこら駄々《だだ》をこねない」

散歩中に抵抗する犬のようにその場に立ち止まって、俺は海に不満の意を示す。

確かに、カラオケはデートとして考えるとアリだとは思う。

思うし、残り時間的にもいいのだろうが……しかし。

「なに？　真樹、そんなに歌うの嫌なの？」

「……俺、カラオケとか行ったことないし」

「じゃあ、今日が初めてだ」

「え〜……」

「え〜、じゃない。ほら、きびきび歩く。じゃなきゃ、だっこしてでも強制的に連れてくぞ。実力行使だ」

「うぅ……」

どうやら俺の反応を見て、海は俄然《がぜん》やる気になったようだ。繋《つな》いでいる手もがっちりと握りしめられて、抵抗空《むな》しくグイグイ引っ張られていく。

「二時間、ワンドリンクで。あ、学生料金でお願いしま〜す」

慣れた様子でスムーズに店員さん相手に手続きを済ませ、少人数用の狭い部屋の中へ。

休日とあって、他の部屋はすでにほとんど埋まっているようだ。

扉の隙間から、他のお客さんの歌声や盛り上がっている様子がわかる。

「ほらほら、二時間しかないんだから、さっさと歌うよ〜。私が先に歌ってるから、その間に次の曲入れてね」

店員さんから運び込まれてきたドリンクを受け取りつつ、俺は海の歌声に耳を傾けた。

「――♪　――♪」

海が最初にチョイスしたのは、飲料水のCMなどで流れている女性アイドルグループの曲。テレビでも良く流れているので、俺も良く知っている。

「どう？　真樹、私の美声は」

「……うん。すごくいいと思う」

海の歌声を聞くのは初めてだが、素人の感想でも綺麗《きれい》な声だと思う。強弱や音程などしっかりとれているし、聞いていてなんだか心地いい。

もし、このグループの中に海が紛れ込んでセンターで歌っていても、きっと違和感はないと思う。

歌い終わった後の点数は、なんと98点。採点システムはよくわからないけれど、中々出ない数字なのは間違いない。

「――ふうっ、歌うの久しぶりだったから、やっぱり気持ちいいな。ほら、次、真樹の番」

「あ、いや……ごめん、俺まだ決まってない」

歌を聞きつつ、手元の機械を使っていたが、どういう曲を選べばいいか迷う。

部屋に引きこもってゲームや漫画中心の生活の俺だが、音楽だって頻繁に聴くし、好きなグループ、曲だってある。もちろん機嫌がいい時なんかは、たまにメロディを口ずさむことだって。

だが、それはあくまで聴くのが好きなのであって、歌うとなるとまた別だ。

俺は自分の声がそんなに好きではない。緊張するとすぐ声が裏返るし、個人的には頑張って声を出したはずなのに『え？　なんて？』と何度も聞かれる。

そんなこともあって、人に聞かせる以上に、自分自身の声を聞くのが苦手なのだ。

「そっか、じゃあ、二人で一緒に歌う？　それなら、真樹だって歌いやすいでしょ？」

「それならまあ……でも、俺、本当に下手だぞ？」

「別に下手でもいいんだよ。こういうのは普段出せない声をワーッと出してすっきりするのが目的なんだから。大人数ならともかく、今ここにいるのは私たち二人なんだし。ね、お願い。一人でずっと歌うのつまらないし、一緒に歌おうよ」

「そこまで言うなら……わかった。じゃあ、ちょっとだけ」

苦手とはいえ、海一人に歌わせるのも良くないので、ここは意を決して曲を選ぶことに。

「海、どの曲にする？　俺、こういう時どんなチョイスすればいいかわかんなくて」

「じゃ、履歴から探して、お互いに知ってるやつにしようよ。それなら真樹も選びやすいんじゃない？」

「だな。じゃあ……」

以前のお客さんが歌った履歴を見つつ、よさそうなものをいくつか選曲する。

ほどなくして、一曲目のイントロが流れ始めた。

「じゃ、最初の歌い出しは任せていい？」

「うん。……なんか、めっちゃ緊張する」

「ふふ、誰でも最初はそうだよ。リラックスリラックス。詰まっても、音程が変でも、格好悪くてもいいから」

そこまで言われると、俺も少しだけ安心する。

すう、と息を吸って、俺は自分なりのリズムにのって歌い始めた。

【っ……――】

「大丈夫、大丈夫だよ、真樹。なんだ、思ったより全然上手いじゃん。へいへい、いいぞ真樹ぃ～！」

出だしに躓《つまず》いてしまったが、海は盛り上がっているようだ。

自分の声の良《よ》し悪《あ》しは正直わからないが、海が『大丈夫』だと言うのなら、ひとまずこの場ではＯＫとしておこう。

【――♪】

俺に続いて、今度は海のほうが歌いだす。やっぱり変わらずとてもいい声だ。

その歌声に、今度は俺のほうが乗っかっていく。

俺単体では微妙だが、二人一緒なら、海の声がなんとかカバーしてくれる気がする。

俺が歌って、海が歌って、そして、一緒に歌って。

あっという間に一曲の時間が過ぎた。

「ふう……」

「ふふ、どうだった？　初めて人前で歌ってみた感想は？」

「……結構、スッキリした」

「でしょ？　結局皆そうなるんだって」

初めてだったので、まだ少し緊張で心臓のリズムが速いが、運動をした後のように体から毒気が抜けたような気がした。

あんまり大勢になると嫌だが、海となら、問題ないかもしれない。

「よし、調子に乗ってきたところでもう一曲行こうか、えっと次は――」

「う、海、あのさ」

「ん？」

「次の曲……俺、一人で歌ってもいいかな？　結構、好きな曲でさ」

「んふふ、全然ＯＫだよ。じゃ、私は特等席でしっかりと聞かせてもらおっかな」

そこまでじっくりと居ずまいを正されると歌いにくいのだが……一人で歌うと言ったば

かりなので、もう勢いでいってしまおう。

海の優しさに背中を押された俺は、マイクに向かって初めて一人で声を張り上げた。

点数はあんまり良くなかったが、それでも、それなりに楽しかった。


カラオケ店から出ると、すでに空は真っ暗になっていた。

今の時刻は夜の７時。暗くなった街並みを照らすべく、予《あらかじ》め街路樹に飾りつけられていたクリスマスイルミネーションが道行く人々の目印となっている。

色とりどりの煌《きら》びやかな光が歩道を照らす中、俺と海は、いつもより歩く速度を上げて、駅のホームへと向かっていた。

「は～、歌ったね。二人きりで、しかも一時間延長して。さすがに喉も体もへとへとだ」

「俺も。早く帰って暖かい布団の中で寝たい……」

「右に同じ」

二時間だとほんのちょっと物足りなかったので延長したわけだが、さすがに調子に乗り過ぎてしまった。まだまだこれからだと息巻いてそれぞれ一曲ずつ、そして一緒に一曲歌ったところで、急に疲労がどっと押し寄せてきたのだ。

体感では、長い延長の一時間だった。

帰りが少しだけ遅くなることは、予め海が空さんに電話して許可をとったものの、その

代わりとして、

『海を家まで送ってくれると嬉《うれ》しい』

と電話を代わった時に言われてしまったのだ。

空さんのお願いを断ることはできないので、あともうちょっとだけ頑張らないと。

「そういえばさ、真樹の歌、気にしてる割にはわりと上手だったじゃん。声だってちゃんと出てたし、高音も裏返ってたりとかなくて綺麗だったから、逆に拍子抜けって感じ」

「それは……海のおかげだよ」

延長も含めて三時間歌ったわけだが、時折休憩をはさみつつも、海は、マイクを握る俺のことをずっと盛り上げてくれた。自分が知らない曲でもしっかり聞いてくれて褒めてくれたし、知ってる曲の時は一緒に歌ったりもした。

おかげで少し喉がかすれて変な感じだが、気分のほうはとても晴れやかだった。

「人前で歌うの、初めてだったけど……海のおかげで苦い思い出にならずに済んだ……ありがとうな、海」

「ん、どういたしまして。じゃ、これからはクラスで似たようなことがあっても平気だね。トップバッターは任せた」

「いや、それは無理」

「いやいや、いけるって」

「いやいやいや、まだ……じゃなくてこれから先も無理だから」

今日は側《そば》にいるのが海一人だったからよかったわけで、これに天海さんや新田さんなどが加わった時、今日と同じようにやれる自信はない。というか、やりたくない。

一応、今後のためということで、海から無難かつ歌えば大概盛り上がる曲をいくつか教えてもらい、ついでに二人で一緒に歌ったりもしたわけだが。

「でもさ、その、」

「ん～？」

「その……大勢の前で歌ったりするのは、まだ俺にはハードルが高いっていうか、そのためにはまだ場数が足りないと思うからさ」

「うん。それで？」

「だからその……また今度一緒に行けたらって思うんだけど」

「……二人っきりで？」

「……ん」

俺が人前で普通に歌うようになるにはもう少しだけ経験値が必要だから、そのためにはまた海は付き合ってもらわなければ。

ただ単に今日がとても楽しかったから次も、というだけではない。多分。

「ふふっ、じゃ、時間がある時にまた行かなきゃだね。あ、デートは二人だけど、カラオケは夕も一緒に連れていくからね」

「天海さんか……我慢するけど、ちなみに彼女の歌唱レベルは？」

「夕、見た目通り歌うの超大好きだよ」

「あ～、なるほど」

それだけでなんとなく察した。

好きな物にはとことん素晴らしい才能を見せる彼女だから、きっと歌も天使なのだろう。

天海さんに『下手の横好き』という言葉は存在しない。

「じゃ、次の予定はいつにしよっか。次の週は試験だから、その間はもちろん無理として……冬休みとかは？　どうせ家でゲームとか漫画ばっかりでしょ？」

「うん。まあ、毎年予定なんてないし。海こそ、年末年始は大丈夫なのか？　里帰りとか」

「うちはお父さんが仕事だから、基本的に正月はずっと家かな。今年はわりと忙しいらしいから、年末年始は確実に家だと思う。そうじゃない時は里帰りしたりもするけどね」

ちなみに天海さんのところも似たようなものらしく、毎年外国に行ったりはしないらしい。

カラオケについては後日天海さんの予定を確認した上で日時を決めることにして、俺と海は駅のコンコースへと続くエスカレーターへ。

夜になって少し天気が悪くなったのか、時折強い風が吹きつける。ちょっと油断しているとよろけてしまいそうだ。

「う、さむぅ……」

「海、こっち」

「うん。ありがと」

海のすぐ隣に立って、直接風が当たらないようにする。

俺と海の身長はほぼ同じか海が少し高いくらいなので効果があるかは微妙だが、それでもきっとないよりはマシだろう。

「真樹、もうちょっとくっついていい？」

「……いいけど」

俺がそう言うと、海が俺の腕にしっかりと抱き着いてきた。

「手、寒くないか？」

「ちょっと寒いかも。……ポケット、いい？」

「うん」

そして、店を出てからずっと握っている手も、そのままアウターのポケットへと招き入れる。

突風のように吹く風は冷たいはずだが、海と触れ合い、繋《つな》がっている今だけはそこまで寒さを感じない。

「ねえ、真樹」

「ん？」

「こうしてるとさ、思い出すよね。あの時のこと」

「あの時って……あの」

「うん。……あの」

俺も海も濁しているが、海に初めて告白（？）された時のことだ。

あの時の海の言葉は、今でも耳の奥にしっかりと残っている。


──好きじゃなくて、大好きだから。


……今思い出しても、頬《ほお》が熱くなる。

恥ずかしくて、しばらくお互いに目をそらして歩いていたが、ふと、海の方がぼそりと呟《つぶや》くように言った。

「……あの、さ」

「うん？」

「真樹はさ、私のこと、どう思ってる？」

「……どうって、そんなの」

答えはもう、自分の中でしっかり決まっている。

俺、前原真樹は、朝凪海のことが、好き。

友達としても、そして、それ以上の関係としても。

そうでなければ、自分の歌声を聞かせたりはしないし、こうして積極的に手を繋ごうなんて思ったりしない。

「それ、今言ったほうがいいかな？」

「ん〜、無理強いはしないけど、でも、真樹の口から聞きたいなって思っちゃって……ダメ？」

「それは……ダメじゃないけど」

やっぱり、ずるい。海にそんなふうに言われると、俺は断れないのだ。

「じゃあ、はい。周りに聞かれないように、私だけに耳打ちしてでもいいから」

（……こんな、ふうに）

海がさらに俺のほうへ体を寄せてせがんでくる。

好きなのは今さらなので、もちろん言う通りにするつもりだが。

「じゃあ、エスカレーター降りて、人の少ないところで。……ここじゃちょっと恥ずかしいというか」

「ここまでベタベタしてて今さらだと思うけど……まあ、そのぐらいなら」

エスカレーターを上りきって駅の入口に来たところで、なるべく人通りの少ない物陰へ。

「ここでいい？」

「うん。でも……ふふ、真樹ったら、こんな暗がりに女の子を連れ込んじゃって、もう」

「し、仕方ないだろ。こうでもしないと恥ずかしいんだから」

「へへ、いいよ別に。ってことで、はい、お早めにどうぞ」

「う……じゃ、じゃあいくけど」

「うん」

ということで、海の耳元へ口を近づける。

「んっ……真樹、息がくすぐったいよ」

「あ、ごめっ……」

「うん……だいじょぶ、だけど」

もうお互いにわかりきっていることを伝えるだけなのに、どうしてここまで緊張してしまうのだろう。

(じゃあ、言うけど)

こくり、と海が小さく頷《うなず》いた。

もうちょっとちゃんとしたところで伝えるつもりだったけど……予定が合わないのも俺たちらしい気がするし。

（俺、海のこと――その、）

（うん……なに？）

トクトクと早鐘を打つ心臓の鼓動を耳の奥で感じながら、意を決して海に今の気持ちをまっすぐ伝えようと口を開いたその時、

――前原さん！


と俺たちから少し離れたところで、俺の名前を呼ぶ女性の声が。

びっくりして、途中で言葉が途切れてしまった。

「……真樹、どうしたの？」

「いや、さっき誰かに呼ばれた気がして……」

いったん海から離れて声のしたほうを見ると、こちらのほうへ向かって手を振っている人影が。

「眼鏡の女の人……真樹、知ってる人？」

「いや、まったく知らない……と思うけど」

見た感じ俺たちよりは年上の若い女性だが、その条件で俺が知っている顔は、担任の八《や》木《ぎ》沢《さわ》先生ぐらい。

見知らぬ女の人……と言いたいところだが、あの人の顔、どこかで――。

その答えは、すぐにわかった。

「――すまん、湊。少し遅くなった」

ここで、その女性の名前を告げる人物が駅の入口から現れる。

その瞬間、謎の女性の顔がさらに華やいだようにぱあっと明るくなった。

「あ、なんだ。やっぱり偶然名前が一緒だっただけか。……もう、もしかしたら私の他に仲の良いお姉さんでもいるのかと一瞬不安に――って、真樹、どうしたの？」

「……あれ、俺の父さんと、その部下の人」

「……え？」

私服だったことと、湊さんが今は眼鏡をかけていることもあって一瞬わからなかったが、ようやく記憶とリンクした。

だが、その私服を着ている湊さんが、なぜ、同じく私服姿の俺の父さんと一緒にいるのだろう。

その瞬間、なぜかまずい気がして、俺は咄嗟《とっさ》に身を隠した。照明のちょうど当たらない暗い所にいたおかげで、今のところ父さんや湊さんに気づかれている気配はない。

「へえ、あれが離婚した真樹のお父さん……とその部下のお姉さんね。お父さんはともかく、お姉さんのほうはどうして知ってるの？」

「紹介されたんだ。実は昨日の夕飯前に、トイレで父さんとばったり会ってさ。その時に一言だけ」

「なるほど、だから焼肉の時、ちょっとぼーっとしてたわけか」

財布に入れていたままの湊さんの名刺を見せると、海は納得したように頷いた。

「……黙っててごめん」

「まあ、あの時は夕もいたし、しょうがないよ。……でも、そうなるとちょっと面倒な場面に出くわしちゃったね」

「……うん」

あの二人が昨日と同じようにスーツ姿で、そして、湊さんが父さんのことを『部長』と呼んでいれば、普通に声をかけ、そして隣の海のことを紹介していたかもしれない。

だが、今はもうそんな気は微塵《みじん》も起きなかった。

気づかれないよう、俺と海は身をかがめて、少し離れたところで何やら盛り上がっている二人の様子を眺める。

スーツ姿でなくても、資料だったり、またはタブレットなどを持っていれば仕事の可能性はあるかもしれないが、二人とも今は手ぶらだ。

そして、今、父さんの腕に湊さんの腕が回された。

瞬間、なぜか胸のあたりが気持ち悪くなる。

「……なんか、すごい仲良さそうだね」

「だな……いや、別にいいんだけどさ」

こちら側だと湊さんの表情しか窺《うかが》い知《し》ることができないが、煌《きら》びやかな街のイルミネーションに照らされる湊さんの顔はとても嬉しそうだ。

父さんと話しているからだろうか。昨日の真面目そうな姿とは打って変わって、ふわりと穏やかに微笑《ほほえ》んでいる。

あれではまるで――。

「海、気づかれないうちにさっさと電車に乗ろう」

「真樹……いいの？」

「うん。今さら出て行っても二人に迷惑だろうし。それに、俺たちの時間だって、まだ終わったわけじゃないから」

なんだかいけないものを見てしまった気分だが、父さんと湊さんがプライベートで付き合っていけないなんてことはない。

父さんと母さんが離婚して、もうすぐ一年が経つ。

仕事ができ、容姿も若々しい父さんだったら、すぐに新しい人が出来ても、なんら不思議ではない。

子供心としては複雑だが、離婚が正式に成立している以上、父さんと湊さんが何をしようがもう何も関係ない。

……そう、関係ないのだ。

「！　真樹、ちょっとごめん――」

「え？　むぐっ……」

一人でそう納得したところで、俺は不意に海に抱き寄せられた。

その拍子に、顔がちょうど海の柔らかな二つの胸の谷間に挟まる形に。

「う、海……？」

「しっ、動かないで。……二人とも引き返してこっちに来る」

「えっ……」

色々考えているうちに、二人の動きに気づかなかったようだ。横目で見ると、出口を間違えたのか、二人がこちらのほうへ戻ってきている様子が。

海がしっかりと抱き寄せてくれているおかげで、もし見られても俺だとはわからないだろう。おろしたての服と、さらに髪もいじっているから、今なら、どこにでもいる高校生カップルぐらいにしか見られないはずだ。

「真樹。ちょっと息苦しいかもだけど、もうちょっと我慢ね」

声を出さずに、俺は海の懐の中でわずかに頷いて答える。

好きな女の子の胸に顔を埋《うず》めているので、本来なら喜ばしいはずなのだが、今はあちら側の二人のせいで、それを感じる余裕がほとんどなかった。

どうかそのまま、何も知らずに通り過ぎてほしい――それだけを願って、俺は海に体を預けた。

「真樹、顔隠して」

仲睦《なかむつ》まじい様子の二人が俺たちの横を過ぎる。

「あ、前原さんあそこ……」

「ん？ ああ、高校生カップルかな？ 初々しいじゃないか」

「そうですね……でもその、ちょっとだけ、はしたないような気も……」

物陰でこそこそと抱き合う俺たちが目に映ったのだろう、父さんたちが俺たちのことをなにやら話題にしている。

「誰のせいでこんなことに……ってか、大人が子供のこと話の種にすんなって」

俺を抱きしめる力を強めながら、海が二人に向かってぼそりと毒を吐いた。

海だって、まさかこんなシチュエーションで俺と抱き合うなんて思っていなかったはずだから、イライラする気持ちはよくわかる。

「……ごめん、海」

「なんで真樹が謝るの？ 真樹は何も悪くない、悪いのは絶対――」

「いや、父さんも湊さんも悪くないよ。ただ、ちょっとタイミングが悪かっただけだ」

昨日、俺がトイレで父さんと偶然会わなければ。

もし、カラオケを延長せずそのまま予定通り帰宅していれば。

だから、こうなったのは、ただ単に運が悪かっただけ。

誰も、何も悪くない。そのはずだ。

「……帰ろう、海。遅くなったら空さんも心配するだろうし」

「真樹がそう言うなら……でも、本当に大丈夫？　お父さんのああいう姿見て、ショックだったりしない？」

「複雑なのは確かだけど……それでも父さんが元気そうでよかったよ。もしかしたら一人で寂しくないかなって心配してたから」

「そう？　でも、なにかあったらちゃんと私に相談してよね。解決は……まあ、できないだろうけど、それでも話し相手にはなってあげられるから」

「わかった。なら、そうさせてもらうよ」

二人の姿が完全に見えなくなったのを確認してから、俺と海はすぐに電車に乗って家路を急ぐ。

朝、出発前から仲良くじゃれ合い、初めてのカラオケもあって、新しい思い出を積み重ねることができたわけだが、最後の最後でケチが付いたような気がして残念だった。

その後、空さんとの約束通りに海を朝凪家まで送り届け、空さんからの夕飯のお誘いを丁寧にお断りしてから、俺はようやく自宅へと帰還する。

「疲れた……お風呂は……もう明日の朝でいいか」

父さんとの遭遇でどっと疲れが押し寄せたのか、ひどく瞼《まぶた》が重い。

少し体がベタベタして気持ち悪いが、今日はもうさっさと寝たほうがよさそうだ。

「あれ？　電気ついてる、それに……タバコの臭いも」

鍵を開けて玄関に入ると、母さんが帰ってきているのか、リビングのほうから照明の明かりとテレビの音が聞こえてくる。

入ると、リビングでコーヒーを飲みながらタバコをふかしている母さんが出迎えてくれた。

「おかえり、真樹。……あ、ごめんね。また」

「別に気にしないから、いつでも吸っていいって。……母さん、疲れてる？」

「ん～、久々の年末進行だけあって、さすがにキツイはキツイけど……まあ、どっちかっていうとそれ以外でちょっとね」

仕事で遅くに帰宅しても、いつもはエネルギッシュな母だったが、今月に入ってから、なんだか表情に元気がない。家では滅多《めった》に吸わないタバコもそうだが、目の下のくまが気持ち濃くなっているような気がする。

「ところで、今日はどうだった？　海ちゃんとのデート、上手《うま》くいった？」

「まあ……映画行ったりカラオケ行ったり……それなりに仲良くできたと思う」

「そう。じゃあ、クリスマスもその調子で頑張らないとね。あ、聖夜だからってくれぐれもゴムはちゃんと――」

「その先言ったらベランダにたたき出すけど、いい？」

そういうところだけは相変わらずのお節介なので、放っておけば元に戻るだろう。

それまでは、家族の俺が支えてあげるだけだ。

「――あ、そうだ真樹。疲れてるとこ悪いんだけど……来週の金曜日ってさ、アンタ、なにか予定ある？　夜なんだけど」

「その日は期末試験初日だし、特になにもないけど、強いて言うなら勉強かな」

その直前に勉強会はする予定だが、金曜日と、翌週の月、火曜日は試験期間中なので、海との予定も入れていない。

「やっぱり試験なのよね……この前からそう言ってるんだけど、その日しかとれないからって、あの人が聞かなくて」

「あの人って……」

嫌な予感しかしない。

母さんが俺の前でそう呼ぶのは、一人しかいないのだから。

「真樹には申し訳ないんだけど、次の金曜日を面会日にしたいって。……お父さんが」

「……そう」

そろそろだとは思っていたが、まさか、このタイミングになるとは。

3. 家族の風景

俺と父さんの面会については、父さんと母さんが離婚した時にきちんと決められていることだ。

俺が高校を卒業するまでの間は、父さんの都合にもよるが、およそ月に一度の頻度で会い、一緒に食事をしたり近況を話したりする。

最近は父さんの仕事の都合で面会がしばらくなかったものの、それまでは決められたとおりに会って、学校のこと……は話すことがなかったが、それ以外の話はちゃんとしていた。

離婚したからと言って、俺は父さんのことは嫌いではないし、大抵高そうなお店で食事が出来ることもあって、そこそこ楽しみにはしていたのだ。

……今日のことがあるまでは。

「いつもはこっちに予定を合わせてくれてたんだけど……その日じゃないと次は来年になっちゃうからって。ＯＫかどうかは真樹《まき》に聞いてみてからってことでいったん保留にしてるんだけど……じゃあ、本当にいいのね？」

「いいよ。お父さんからもお金はちゃんともらってるわけだし、そのおかげで余裕のある生活ができてるわけだから」

月にどれくらいの支払いがあるかは知らないが、俺が今着ている服を買うためのお小遣いには、母さんの月の給料のほか、父さんからの養育費だって含まれているはずだ。

だから、俺としてはできれば拒否したくない。

「……ねえ、母さん」

「なに？」

考えているのは、湊《みなと》さんのことだ。

母さんは湊さんの存在を知っているのだろうか。湊さんは主任なので、少なくとも数年は父さんの下で働いているはずだが、今日のことで、俺の中で一つの疑念が生じていた。

あの二人の仲は、離婚してからなのか、または離婚前から続いていたことなのか。

前者なら当然文句などない。というか、言う権利などない。それなら勝手にやってくれとしか言えないのだが。

もし、何かの間違いで後者だったとしたら。

母さんがそのことを知らなかったとしたら。

その時、俺はどういう顔で父さんと話したらいいのだろう。

「――真樹、真樹？」

「っ……、な、なに母さん？」

「なに？　はアンタのほうでしょ。なんか急に顔色悪くしちゃって。デート疲れ？」

「ああ……まあ、うん、そうかも。今日はそわそわして早起きしちゃったし、カラオケにも行ったから」

「そう？　じゃあ、早くご飯食べてお風呂入って寝ちゃいな。あ、でも海《うみ》ちゃんには寝る前にちゃんと連絡入れなさいよ。デートのお礼。アフターケアは大切だからね」

「わ、わかってるよ。いちいちうるさいな」

一瞬口から出かかった言葉を、俺は必死に飲み込んで抑えた。

もちろん、母さんに湊さんのことを訊《き》きたくないと言えば嘘《うそ》になる。しかし、訊いたところで今さらどうにもならないし、下手したらせっかくまとまった話し合いがこじれてしまうことにもなりかねない。

それは、どう考えてもまずい。

「……じゃあ、明日早いから、私は一足先に寝るわ。おやすみ」

「うん、おやすみ。……あ、そうだ母さん、一つ訊きたいんだけど」

「なに？」

「……父さんのこと、まだ好き？」

その質問の瞬間、自分の部屋へ行こうとしていた母さんの動きがぴたりと止まる。

「……なんで、」

今そういうこと訊くの？　という顔をしていた。

「……ご、ごめん。父さんと会うの久しぶりだから、なんか変なこと訊いちゃった……今の忘れて」

「いや、大丈夫よ。悪いのは、全部私たち。何も言わずについてきてくれた真樹は一つも悪くないんだから」

そう言って、母さんはいったんリビングに引き返して、テーブルに置かれていたタバコにおもむろに火をつけた。

その横顔が、ひどく寂しく見える。

「父さんのことまだ好き、か……ん～、そうね……色々あって離婚しちゃったけど、多分まだ心のどこかで好きって気持ちは残ってるんだと思う。顔も見たくない時期とかは確かにあったけど、でも、真樹と三人で写った写真が入ったアルバムとか、どうしても捨てられずに持ってきちゃったし」

「アルバム、あったんだ」

「うん。なんだかんだで十五年、いや、真樹が産まれる前からだからもっとかな……結婚生活してたからね。楽しい思い出だって、いっぱい残ってるさ。……写真、見る？」

「うん。見てみたい」

母さんの寝室のクローゼットから持ってきた古いアルバム。

見ると、俺が生まれた直後の写真などが収められていた。

産まれてすぐの頃から始まり、初めての七五三、幼稚園の時の運動会、家族旅行の時、卒園式、小学校の入学式――生後まもなくから七、八歳ごろまでの様子が中心だが、記憶になかっただけで結構写っているものだ。

「この頃の俺、結構泣いてるなあ……全く記憶にないけど」

「ふふ、そうね。小《ち》っちゃい時の真樹ったら、家族以外の人に抱かれるだけでわんわん泣いちゃってね。記念撮影とかも、すぐ私の陰に隠れちゃうから、顔をちゃんと撮ろうとすると、カメラを気にする余裕がない時ぐらいしかなくて」

母さんの言う通り、俺一人で映っている写真はカメラ目線が極端に少ない。赤ちゃんの頃はいくつかあるが、幼稚園ぐらいになって羞恥心らしきものが芽生えてからは全然だ。

自分の記憶としてはただ単に大人しいヤツだったという認識だったが、どうやらそれは勘違いだったらしい。

「母さん、これ、ちょっと借りてもいい？」

「いいけど。なんとなく持ってきちゃったけど、結局今までタンスの肥やしだったし。もしかして、海ちゃんとかに見せろってせがまれちゃった？」

「……まあ、そんなところ」

　あったら持ってくると約束したのでその通りにするが、赤ちゃんの時の裸の写真などは予《あらかじ》め抜いておいたほうがいいだろう。仲がいいとはいえ、海や天海《あまみ》さんのような女の子にこういうのを見せるのは恥ずかしすぎる。

　ただ、写真を抜いた跡がくっきり残ってしまうので、そこらへん目ざとい海には後から追及されそうな気がする。

「とにかくアルバムはあげるから、自由に使いなさい。じゃ、私はそろそろ寝るわ。……おやすみ、真樹」

「うん、おやすみ。灰皿は俺がやっとくから」

「そ。ありがと」

　ほぼ根元まで吸ったタバコの火を消してから、母さんは改めて寝室へと戻っていった。

「……やっぱり、訳けるわけないよな」

　父さん、母さん、そして俺。三人が一緒に写った写真を指で撫《な》でながら、ひとり呟《つぶや》く。

　家を出て、母さんと二人で暮らし始めてちょうど一年。

　俺も母さんも、ようやく今の生活に慣れてきた。母さんは仕事で充実しているし、俺だって、海、天海さん、望《のぞむ》など、新しい繋《つな》がりができつつある。

　平穏になりつつある今の生活を、再びぐちゃぐちゃになんかしたくない。

それが、今の俺の願いだ。

だからこそ、今日のことは全部飲み込んで忘れる。

それが、母さんにとっても俺にとっても、きっと一番なのだから。


海とのデートが終わって、休み明けの月曜日になった。

俺はさっそくやらかした。

なにをやらかしたか。アルバムのことだ。

土曜日に母さんと一緒に見た時点で、赤ちゃん～二、三歳時代までの恥ずかしい写真（主に下半身的な意味で）は把握していたので、学校に持っていく前までにきちんと抜いておこうと思っていたのだが、

「わっ、かわいい。真樹にもこういう時代があったんですね～」

「ええ、そうよ。あの頃はいつも『ママ、ママ』って言いながら私にくっついてきてね。もうめちゃくちゃ甘えん坊さんだったの」

「ふふ、なんか想像できます」

……こんな時に限って、海が一緒に登校しようと迎えにきていたのである。

当然、件《くだん》の写真にはなにも手を付けてない。

つまり、万事休す。終わった。もうお嫁にいけない。

「あ、おはよう真樹。今日はとてもいい一日になりそうだね」

「そう？　俺は朝っぱらから最悪な気分だけど」

「そう？　あ、写真見たけどとっても可愛かったよ真樹のおち――」

「その先は絶対に言うな」

また一つネタが増えてしまった。しかも、とびきり恥ずかしいやつ。

「あら、別にいいじゃない。どうせ遅かれ早かれ海ちゃんには今の真樹のも見られ――」

「おい母親」

該当ページを見られていないのであればまだやりようはあったが、時すでに遅し。

「大丈夫だって。夕《ゆう》には絶対に見られることがないよう、例のブツはちゃんと抜いておいたから」

「ふ～ん……で、その写真は今どこに？」

「え？　私の鞄《かばん》の中。真咲《まさき》おばさんもいいって」

「ごく自然に持っていこうとするな。そして母さんも了承するな」

ということで、抵抗を見せる海を引きはがして鞄の中から俺の写真を取り戻し、すぐさま自分の部屋の、鍵のかかる机の引き出しの中へ。

せっかく日曜日を使って疲れを取り戻したというのに……まあ、早いうちに対策せずのんびりしていた俺にも原因はあるのだが。

海のことや他人のことだと気にするのに、自分のことだとどこかものぐさになるのは俺の良くないところだ。

「っと、私はそろそろ仕事行かなきゃ。海ちゃん、真樹のことよろしくね」

「はい。真樹ちゃんのことは任せてください」

「なんでちゃんづけした今」

「行ってくるね、真樹ちゃん。いい子にしてるのよ？」

「アンタはいちいち乗っかってくるな……はあ」

週の初めから母さんと海の対応に体力をがりがりと削られてしまったが、今週末からは期末試験が始まる。

とにかく、今は学生の本分である勉学に集中するべきだ。

と、ここで玄関から母さんの声が聞こえてくる。

「真樹、ごめん！　テーブルにタバコとライター忘れちゃったから、持ってきてくれない？　黄色い箱のヤツ」

「あ、うん——」

いつも吸っている銘柄のものだが、最近は結構吸っているのか、中身の減りが異様に早い気がする。

大人だから吸わなきゃやってられないという気持ちもわかるが、少しは健康にも気を配ってくれると息子としてはありがたいのだが。

「これでしょ、はい」

「ありがと。……それと、一つだけ言っておくけど」

　俺のすぐ後ろに誰もいないことを確認してから、母さんは俺へ忠告した。

「――海ちゃんには、あんまり家のこと言っちゃダメよ」

「……大丈夫、わかってるよ」

　海のことは信頼しているし、母さんもそのことはわかっているとはいえ、父さんとの話は家族の中の話だ。

　相談をしたい気持ちは、ある。

　しかし、ここは母さんの気持ちを一番に考えたほうがいい。

　それに、余計なゴタゴタに海を巻き込みたくない気持ちもある。

「ありがと、真樹。好きよ」

　俺からタバコを受け取った母さんは、そういって、俺のことを優しく抱きしめる。

　普段はこんなこと絶対しないのに……体調が悪そうな感じはしないが、やはり様子がいつもと違う。

「じゃあ、仕事頑張ってくるね」

「うん、いってらっしゃい」

母さんを見送ってから海の待つリビングへ戻ると、ひゅう、と冷たい空気が俺の頬《ほお》を撫でた。

「あ、ごめんね真樹。ちょっと室内の換気をと思って」

「いや、大丈夫。というか、ちょっとタバコ臭かったよな。母さんの銘柄のヤツ、ちょっとクセあるから」

「もう、それ言うと真樹も吸ってるみたいに聞こえちゃうよ。それより真咲おばさん、なんかあった？」

家に来た途端、普段はしないきついタバコ臭だったのでそう思うのが自然だろう。

「どうかな。まあ、母さん、たまに気まぐれなことあるから。下手に触るより、放っておけば自然と治ってるよ」

久しぶりの換気でタバコの煙を追い出した後、俺と海でいつものように朝食をとることにした。

今日の朝はホットケーキ。俺はそのままで、海はメープルシロップとバターたっぷり。海がいると、普段微妙に減らない食材を消費してくれるので、冷蔵庫整理的な意味でもありがたい。

飲み物は二人とも牛乳。

「あのさ、海」

「もぐもぐ？」

「飲み込んでからな」

「んっ……はい、なに？」

「今週の金曜日なんだけど」

「おっ。その日から試験だけど、私たちはどうする？　夕飯ついでに二人で勉強――」

「……父さんと会うことになったんだ」

「え――」

朝からずっと機嫌のよかった海の表情が、一転して強張《こわば》る。

先週のことがあってからのこれなので、海もさすがに心配になるか。

「……真樹、それ、大丈夫なの？」

向かい合って座っているせいで手が届かないので、その代わりとばかりに、海の爪先が、俺の爪先にちょこんと触れてくる。

「まあ、いつものことだし。ちょっと一緒にご飯食べるだけだから」

「部下の人とのことは？」

「一応、訊《き》いてみようと思う。さすがに今のままじゃ気持ち悪すぎるし」

多分、父さんのことだから、湊さんとのことは何も問題ないのだろうけど。

面会日は、それを確かめる夜にもなりそうだ。

「だから、その前に俺もしっかり勉強しておかなきゃ。勉強会、いつやるか都合はついた？」

「お嬢様は『毎日でもやらせてください』と仰せですよ……今回試験範囲広いから、大分焦ってるみたい。ってか、私から見てもヤバい」

「わかった。じゃあ、さっそく今日やろうか。もし予定が空いてれば直前にもやってさ」

「いいね。じゃあ、夕にも言っておく」

試験勉強は望ともするつもりだが、一緒にやるかは天海さん次第か。

俺に珍しく今週は忙しくなりそうだ。色々と不安なことや大変なこともあるが、一個一個、順にこなしていこう。


放課後の勉強会は俺の自宅で行われることになった。

遊ぶわけではないので、当初は放課後の教室や図書室など、校内でやるつもりだったのだが、そもそも完全下校時刻までが短くあまり勉強時間がとれないのと、図書室などは先客が沢山いることもあって、場所の変更を余儀なくされ、
・学校から一番近く
・やっぱり暖かいところがいい
で、結局ウチになった。ファミレスという案も出たが、それだと俺が落ち着かなくなる

ので却下とさせてもらった。

「えへへ、真樹君のおうち久しぶりだな〜」

「そこそこ散らかってて申し訳ないけど、まあ、そこは気にしないでよ」

「なんで海が家主にみたいな感じになってんの？　散らかってるのは事実だけどさ」

家の鍵を開け、玄関先をささっと整理する。俺が普段履きする靴は基本一足しかないが、母さんはそういうわけにはいかないので、それがスペースを取っているのだ。

「どうぞ」

「おじゃましま〜す。あれ？　なんかこの前と臭いが違うね。タバコ？」

「だよ。真樹のヤツったらとんだ悪ガキでさ」

「ええっ？　タ、タバコは大人になってからなんだよ？　そんなのダメだよっ」

「いや吸ってないから。天海さんも、無理に海の冗談に乗らなくていいから」

「へへ、バレてた」

ちろり、と舌を出しておどけて見せる天海さん。今日は勉強会だが、俺の家ということで『あるもの』を楽しみにしていて、それゆえにこのテンションの高さだった。

「真樹君、ちなみに今日のおやつは？」

「今朝朝ご飯にホットケーキ焼いて材料が余ってるから、それ使ってパンケーキにでもしようかなって思ってる」

「お、いいね！　じゃあ早速……んぎゃっ」

「うふふ、その前に勉強ですよ～毎回赤点ギリギリたまに補習お嬢様。真樹の家だからって、私は容赦なんかしないからね」

「は、はひ……」

首根っこを摑《つか》まれつつ、天海さんが海の手によってリビングへと連行された。

先日より絶賛活躍中のコタツがあるので、今日はそこで教科書を広げながらやるつもりだ。ひとまず今日は、第一日目に行われる教科分を重点的にやり、その他の教科は、絶対に出題されるだろう部分のみをひとまずカバーする。

「……なあ、真樹。実はお前ってすげえヤツだったんだな。マジ尊敬するわ」

「そ、そう？　一応、褒め言葉として受け取ってはおくけど」

最後にリビングに入ってきたもう一人がなにやら感極まっているが、これから一緒に勉強するというのに、今それで果たして持つか心配である。

ということで、今日の勉強会メンバーは四人。

俺、海、天海さん、そして最後に望である。

「呼んでくれて嬉《うれ》しいんだけどさ……でも、本当に良かったのか？　その、俺なんかがお邪魔しちゃってさ」

「う～ん……まあ、天海さんがＯＫしてくれたわけだし、別にいいんじゃない？」

今回の勉強会は、先日の望の告白から日が経《た》っていないことあり、俺と海がつきっきりで天海さんに勉強を教える形でする予定になっていた。

で、望についてはその翌日に約束を取り付けようとしたのだが、

『じゃあ、みんなで一緒にやろうよ！』

と、事情を聞いた天海さんが言ってくれたので、こういう珍しい組み合わせになったというわけだ。

もちろん、そうなるよう仕向けたわけではないから、俺も海も、そして望もちょっと戸惑った。

念のため、海がこっそり天海さんに確認したのだが、答えは変わらず。

天海さんらしいといえばらしいとは思うが。

「とにかく、今日は遊ぶわけじゃないから勉強に集中……は難しいかもだけど、とりあえず頑張ろう」

「お、おう。俺も補習になんのはゴメンだからな」

ひとまず三人にはコタツに入ってもらって、俺のほうは飲み物や休憩の時につまめるお菓子や、天海さん用のパンケーキの準備をすることに。

「ふひ～、やっぱりコタツはいいですな……ぐぅ」

「夕、いきなり寝ない。ってか、寝たら本気でぶつからね」

「うげっ……が、がんばります教官」

そして、コタツについて誰がどこに座るかだが、俺が望メインで、海が天海さんメインで勉強を教えることを考え、

（天海）

（関《せき》）【コタツ】（朝凪《あさなぎ》）

（前原《まえはら》）


という配置に。

「そういえばさ、朝凪って試験の成績はどのぐらいの位置にいるんだ？　頭がいいのは知ってるけど」

「調子がいい時は一桁。悪くても10位台ぐらいは常にキープしてるよ」

「すげえな。それじゃあ二年になったら俺と朝凪は確実に別クラスだな。真樹は？」

「俺はだいたい50位付近をうろうろしてるよ」

最上位の進学クラスは別として、二年次はテストの順位が半分より上、半分より下ぐら

いの基準でクラス分けされることが多いと聞く。

できることなら、二年に進級しても海と一緒のクラスだと嬉しいが……その場合は俺もう少しだけ勉強を頑張らないといけない。

二年に進級するまで、後四か月ほど。

顔見知りすらいない時はクラス替えなんてどうでも良かったが、今はもう違う。

新クラスの表を見て一喜一憂する人の気持ちがよくわかった。

好きな人、仲の良い友達と一緒の方が、誰だって嬉しい。

「う〜、勉強ヤダ……でも、海と別のクラスになるのはもっとヤダ……」

「なら、せめて半分より上になれるよう頑張んなきゃね。ほら、ブーブー言ってないで手を動かす」

「は〜い」

一時間後に休憩を取ることにして、俺たち四人はテスト勉強に励む。

俺は文系科目が得意なので英語や古文などを中心に。

海は理数系が得意なので、数学や化学を中心にして、二人で協力して、全科目苦手な天海さんと望の対策を練ることに。

「なあ真樹、ここのページも範囲みたいだけど、ここは飛ばしちゃっても構わないのか？」

「演習問題ページの難しいところは80点以上を目指す人のためのものだから。中途半端に勉強しても点数とるのは難しいし、それなら60点を確実にとれるように勉強したほうがいいよ」

全てを完璧に解くことに慣れてない場合は時間も足りないし、見直しの時間が足りずケアレスミスが増えたりといいことがない。であれば、思い切ってそこに一切時間を割かず、その分、確実に点数を取る方にシフトしたほうが、時間の使い方としては賢いと思う。

「ねえねえ真樹君。ここの文の訳し方って、どうすればいいの？」

「あ、うん。そこはね――」

天海さんにアドバイスすべく身を少し乗り出そうとした瞬間。

――きゅっ。

と、コタツの中に入れていたほう手が優しく握られた。

「？　真樹君、どうしたの？」

「っ……ああ、ごめん。なんでも」

天海さんの手はコタツの上に両方とも出ているので、こっそり手を握ってきた犯人は、もちろん海。

「関、そこの（２）の数式、二段目の計算が間違ってる。カッコの位置、ちゃんと確認して」

「ん？　あ、本当だ。すまん」

望のほうの数学を見ている海の視線が、一瞬、こちらへ向く。

——ちょんちょん。

コタツ布団に隠れて、海が俺の指をしきりに触っている。

……どうやら恋人繋《つな》ぎを所望しているようだ。

しかも、多分だが、天海さんや望にはばれないように、こっそりと。

「…………」

「…………」

教科書を広げて難しそうな顔をしている二人をよそに、俺と海は、コタツの中で指を絡ませあった。

なんだか、ドキドキする。

恋人繋ぎは今まで何回もやっていることだが、こうして友達が近くにいるなか、内緒でこんなことをするのは初めてだ。

手を繋ぐぐらいなら、今までも堂々とやっているし問題ないはずだが、こうして隠れてじゃれ合っていると、なんだかとてもいけないことをしている気分になる。

……いや、いけない。今日の目的は海とじゃれ合うことではなく、あくまで勉強だ。甘い雰囲気に流されてはいけない。

「う、海。そろそろ一時間経つし、休憩にしようか？」

「……いいの？」

「い、いいの」

「ふふ、わかった。じゃあ、私も手伝うね」

ぱっと手を放した海が何事もなかったようにキッチンへと向かう。

二人の勉強と、それから海にもちゃんと構ってあげて……なぜ俺だけ三人を見ている感じなのだろう。ちょっと理不尽。


おやつ休憩ということでゆっくり休みを挟んだ後も、引き続き勉強を頑張っていく。

糖分補給＋コタツの心地よさで眠気が襲うものの、最低限押さえておくべき範囲は残っているので頑張ってもらうしかない。

特に、余っていた材料で作ったパンケーキをほぼ一人で瞬殺した天海さん。

「んぅ……海ぃ、私もうねみゅくなってきちゃった……」

「そう？　んじゃ、景気づけに一発いっとく？」

「おぅ……が、がんばります海先生っ」

「よし」

力強く握られた海の拳を見て目が覚めたのか、天海さんは再び教科書と向かい合った。

あんまり眠いのであれば仮眠させようかと思ったが、海の話によると、天海さんは一回寝落ちすると最低でも二～三時間は起きないらしい。

寝る子は育つ……どこがとは言わない。

ともかく、スパルタになってしまうのは心苦しいが、ここは親友である海に任せる。

望は甘いものを控えているということでコーヒーのみ。この秋、ついつい食べ過ぎたせいでベスト体重を余裕でオーバーしたらしく、この冬から減量中だそうだ。

気にするなと望は笑ってくれたが、その脇でパンケーキにアイスクリームを増し増しに乗っけて食べる天海さんが、その時だけは天使ではなく悪魔のように見えた。

望も甘いものが好きで、好物はアイスクリーム。さぞ辛《つら》かったと思う。

ちなみに俺もちょっとのせて食べてしまった。

「あ、真樹、唇の端にクリームついてる」

「え？　マジ？　どこ？　右？　左？」

「私から見て右だから、左だね」

「こっち？」

「うん、でももうちょい上」

「えっと……これでどう？」

「ちょっと残ってるよ。……もう、しょうがないなあ。口こっち向けて」

「うん」

そう言って、海の指が俺の唇に触れると、わずかに残っていたクリームを掬《すく》い取って、
そのまま自らの口へと運んだ。

「んっと……はい、これでよし」

「あ、ありがとう……」

「どうも。もう、真樹ってばおこちゃまなんだから」

「いや、今日はたまたまだから」

「はいはい」

俺は口がそんなに大きくないくせに勢いよく食べる癖があるので、ピザやハンバーガーなど、口いっぱい開けて食べる時は、こういう事がたまにある。

なので、こうして拭い残しがあると、それを見つけた海がしなくていいお節介を焼いてくるのだ。

で、それがいつものことだったりするのだが。

今日は、二人ではなく四人。

つまり、残された二人が、俺たちの仲睦《なかむつ》まじい様子を見ているということである。

「海？　真樹君？」

「お前ら半ば付き合ってる……みたいだから、まあ、そういうの、構わねえんだけどさ」

「「――そういうのは二人きりの時にやってくれ」」ないかな～？」ねえかな？」

「「……すいません」」

ということで、天海さんと望から同時に苦言を呈されてしまった。

「ほら、真樹がだらしないから怒られちゃった」

「いや、元はといえばお前があんなことするから……」

「あ、そんなこと言って、本当は内心嬉しかったくせに〜。私が唇に触った時、真樹の顔、真っ赤だったよ？」

「あれは……お、お前の気のせいだし」

「一丁前に強がっちゃって〜、真樹、かわいいぞっ」

「「……ごほんっ！」」

咎《とが》めるような二人の咳払《せきばら》いに気づいて、俺たちは無言で頭を下げた。

ある程度までは微笑《ほほえ》ましい光景で済んでも、やり過ぎると呆《あき》れられてしまう。

いくら仲の良い人たちの前といっても、いい加減に節度を学ばなければ。

仮にバカップルと思われても、ウザがられるタイプのそれは避けたい。

「でも、海と真樹君のそういう関係っていいな〜……そうやって仲良くしてるのを見てると、私も彼氏とか欲しいなって思っちゃう」

「そう思うんだったら、夕も彼氏作ればいいじゃん。本気出せば、どんな人でも選《よ》り取《ど》り見取《みど》りでしょうに」

「ん～、でも、そういうことしたいって思える人は全くいないいんだよね。私も男の子に興味がないわけじゃないいんだけど。なんでかな？」

「っっ……！」

天海さんの発言に、望が人知れずダメージを受けている。

天海さんも意図した発言ではないはずだが、まるで二回振られたみたいだ。

それから、ああでもないこうでもないと恋愛談義をする恋愛カースト圧倒的上位の美少女二人の傍《かたわ》らで、俺は、肩をがっくりと落とす望を慰めた。

「あ～あ、私にも真樹君みたいな男の子がいたらいいのにな。優しいし、こうして遊ぶときはお菓子も作ってくれるし」

「夕は普通にハイスペックで体力のある人がいいんじゃない？　じゃなきゃ、アンタのパワフルさには誰もついていけないいし」

「そうかな？　でも、ハイスペックで体力のある人なんて……ああ、海みたいな人か！じゃあ、海が分身すれば解決だね！」

「できるかっ。なにを『閃《ひらめ》いた！』みたいな顔でドヤってんだ、このタコ助」

やり取りを近くで聞いていて思うが、実際、天海さんとお付き合いするとなると、楽しいだろうが、このテンションがずっと続きそうなので、それに付き合う海を見ていると、ものすごく大変だろうと思う。

スペック的な観点で言うと、望なら天海さんのテンションにも付いていけそうだが、イマイチ天海さんの好みとは合致しないという……辛い所だ。

「二人とも、話はそのへんにして勉強に戻ろう。予定はまだ残ってるんだから」

「ん。夕、はい、次は古文いくよ」

「う～、昔の日本語難しい～いとをかし～」

「はいはい」

その後は集中力の切れかかっている天海さんのモチベーションを維持するべく、教え方を工夫し、時には海の愛の鞭《むち》（デコピン）を借りつつ、どうにか今日の予定を全て消化することができた。

休憩も含めて、およそ三時間。自分の分はあまり進まなかったが、人に教えるだけでも復習効果は十分だし、海と協力することで勘違いしていた箇所も解消ができたので、有意義な時間になったと思う。

勉強すべき範囲はまだあるので油断はできないが、この調子でいけば、天海さんと望の赤点候補コンビも、今回はなんとか回避できそうだ。

「真樹君、今日は勉強教えてくれてありがと！　おやつも美味《おい》しかったよ！」

「すまんな真樹……と、朝凪。お前らのおかげでなんとかなりそうな気がしてきたぜ」

「赤点絶対回避だね、関君っ。一緒に頑張ろう！」

「お、おう。天海さんも、頑張って赤点回避しような」

充実した表情の天海さんと望を玄関先で見送る。勉強会が始まった時点では微妙な空気の二人だったが、一緒に勉強するうちに、多少は会話も弾むように。

まあ、これで勘違いしたら、きっとまた振られてしまうのだろうが。

天海さんの距離感は、やっぱりちょっとおかしい。

「海、忘れ物ない？」

「多分。まあ、あってもどうせまた来るからいいけど」

そして、今日一番頑張ってくれた海。学年でもトップクラスの成績だけあって、やはり教え方が上手《うま》く、教える側だった俺も勉強になった。

コタツ布団の下で俺にずっとちょっかいをかけていたのは相変わらずだったが……まあ、そういう構ってちゃんなところも、俺は嫌いではない。

「じゃあ、また明日な」

「うん。……ねえ、真樹、ちょっといい？」

「ん？」

「──ごめん。ちょっとだけ背中貸して」

別れ際、そう言って、海は背後からぎゅっと俺のことを抱きしめた。

「海、どうした？」

「……本当、ごめんね。突然こんなことして、面倒《めんど》くさい女だってのは自分でもわかってるんだけど、でも、ちょっとだけ不安になっちゃって」

「不安って……今日、なんかあった？」

「ほら、ちょっと前に夕が言ってたじゃん。……真樹君みたいな、って」

「ああ、あれか……」

天海さん的には何気なく言ったことだろうし、海も普通に冗談として流していたと思っていたのだが、内心では動揺していたらしい。

「あの、ね」

俺を抱きしめる海の腕の力が強くなる。

「……私、やだから。紗那絵《さなえ》と茉奈佳《まなか》……二人の時はまだ大丈夫だったけど、でも、」

「俺がどこかに行ったら、耐えられない？」

「うん……真樹がとられちゃったら、私、もう絶対、本当に立ち直れなくなる。多分、もう誰とも顔を合わせられなくなっちゃうぐらいに」

「海……」

天海さんの前ではそんな素振りを一切見せなかった海が、俺と二人きりになった今は、子犬のように小さく震えている。

天海さんと仲直りをして、ぱっと見は元通りかと思われた海も、心の中では、まだずっと不安と戦っている。彼女の中では、まだなにも終わっていない。

だからこそ、俺も、そんな海の力に少しでもなってやりたい。

「海、いったん放してもらっていい？」

「やだ」

「お願い」

「だって、今、顔やばい」

「気にしないよ。海の泣き顔なんてもう見慣れてるし」

「……真樹のばか」

そう言いつつも力を緩めてくれたので、そのままの体勢で海の方へと向き直り、軽く抱きしめ合うような形に。

「海」

「……うん」

「大丈夫だから。俺が見てるのは海だけだから」

「うん。……ごめんね、面倒くさいヤツで」

「いいよ。そういうところも、俺は可愛《かわい》いと思う」

「……もう、もう。こんな私が可愛いとか、真樹ったら、ほんと、物好きなんだから」

「それは海もだろ。こんな俺のこと、可愛いって」

「ふふ、確かにそうだ」

そろそろ出ないと先に行った二人に怪しまれそうだが、今はそんなことどうでもいいし、呆れられても構わない。

今は、目の前の女の子だけを何より優先したい。

「へへ、ありがとね、真樹。おかげでちょっとだけ落ち着いた」

「ならよかった。……よければ、家まで送ってもいいけど」

「さすがにそこまでは甘えられないよ。……大丈夫、夕の前でも、ちゃんと、これからもいつも通り振る舞えるから……でも、」

「でも？」

「もうちょっとだけ、こうしてたいなって……いい？」

「……まあ、いいけど」

「ありがと……へへ～……」

「な、なんだよ」

「べっつに～」

海が落ち着くまで、俺たちは互いの存在を確かめ合うように抱きしめ合った。

二人が待つエントランスまでは海のことを見送ったのだが、案の定、天海さんと望に『このバカップルめ』と呆れられてしまった。

楽しみにしている日はなかなか来ないのに、来てほしくない日はあっという間に来てしまうものだ。

金曜日。テストの日。そして、父さんとの面会日。

もちろん、テストのことを指しているのではない。勉強がそこそこ得意な俺にとっては、早帰りできる数少ない良い日だ。

父さんとの面会日も、今までは嫌いではなかった。父さんのことは大好きだったし、いつも家のために頑張ってくれていた背中の大きさと格好良さは、幼い頃の記憶としてしっかり残っている。

朝起きると、母さんが慌ただしく朝の準備をしていた。

「おはよう、母さん。いってらっしゃい」

「行ってきます。真樹、今日は無理言ってごめんね」

「だから大丈夫だって。午後7時に駅前からちょっと離れたファミレス。せいぜい高いもんいっぱい頼んでくるよ」

「ふふ、そうしなさい。……あ、一応今週分の夕食代置いとくから」

「今日は父さんに出してもらうからいらないけど」

「本当なら海ちゃんと一緒する予定だったでしょ？　そのお詫《わ》びとしてイブの日の分に上

乗せておきなさい」

まあ、それならありがたくいただいておくとしよう。

天海さんも参加する予定だから、その食事代の足しになってくれるはずだ。

「タバコの量、また増えてるな……」

灰皿に残った吸殻の数を気にしていると、ふと、コタツに置いていた俺のスマホが鳴った。

海からのメッセージだ。

『(朝凪) ゴメン』

『(朝凪) 今、ちょうど夕の家で早朝追い込みやってる最中』

『(前原) わかった。じゃあ、今日は学校で』

『(朝凪) うん』

『(朝凪) 真樹、それより今日は本当に大丈夫？』

『(朝凪) 過保護すぎかもだけど、途中までだったら、私も付き添うよ』

『(前原) 大丈夫。心配ないよ。ファミレスでたらふくメシ食うだけだから』

『(朝凪) やっぱり最後まで付き添おうか。あのちょっと高いトコでしょ？　一番高いA5黒毛和牛のフィレステーキの車海老《くるまえび》フライセットにライス特盛と、デザートはいちごの超贅沢《ぜいたく》パフェ』

『(前原) なるほどね。じゃあ、それ頼んでくるわ』

『(朝凪) くそう』

『(朝凪) ただ飯羨ましいぞ~』

『(前原) 終わったらちゃんと連絡するから。海は天海さんのこと見ててあげて』

『(朝凪) うん。そうする』

『(前原) 心配してくれてありがとう、海』

『(朝凪) うん』

『(朝凪) 行ってこい』


海からの激励も受けつつ、学校のほうは、期末試験第一日目へ。

手応えだが、きっちりと勉強していたおかげで、苦手気味の数学以外は隅々まで解くことができた。とはいえ数学のほうも、おそらく80点以上はいけるはずだが。

天海さんと望についても、俺と海で張っていたヤマが当たったので、嬉しそうにしていた。教科によっては、平均点に届いてくれるかもしれない。

せっかく頑張ったのだし、全員、いい結果で終わって欲しいと思う。

無事一日目が終わってほっと一息というところだが、俺の方はここからだ。

家で二日目以降の勉強をして時間をつぶしてから、俺は父さんの指定した待ち合わせ場所へ時間通りに向かう。

最近は海や天海さんたちと一緒に連れ立って歩くことが多かったので、一人でこの場所に来るのは久しぶりだ。

面会の時の服装は、いつも制服を着るようにしている。別に私服でも構わないのだが、『面会日』と名前がついている以上、どうしてもきっちりしたほうがいいのではという心が働いてしまうからだ。父さんも毎回スーツだから、一応それにも合わせている。

入口前で少し待つと、一分ほどして、父さんの乗った会社の社用車が駐車場に入ってくる。運転席には部下と思われる人がいたが、湊さんではない。

部下の人に何かを伝えて、父さんが車を降りてこちらに向かってくる。

「すまん、真樹。ちょっと遅れた」

「大丈夫。俺も一分前に来たから。もしかして、仕事の途中？」

「まあ、そんなところだ。本当は上がるつもりだったんだが、どうしても外せない呼び出しができてな。席の予約はしてるから、早く入ろう。大丈夫、ゆっくりご飯を食べる時間ぐらいは作ったから」

店の中に入り、一番奥の席へと通される。建物の構造上の都合だろうか、柱が出っ張っていて、そこだけ少し隔離されたような感じだ。俺も湊さんとのことがあるし、こちらとしても、話が漏れにくいのは都合がいい。

「腹減ったし、とりあえず先に注文しようか。真樹、何にする？」

「Ａ５黒毛和牛のフィレステーキの車海老フライセット、ライス特盛。デザートはいちごの超贅沢パフェで」

「おお、随分容赦ない頼み方するな。前までは遠慮してたのに」

「久しぶりだからね。それとも、遠慮したほうがよかった？」

「いや、それだけ食べてくれるならこっちも嬉《うれ》しいよ。よし、じゃあ俺も久しぶりに沢山食うとするか」

父さんはサーロインステーキセットのほうを頼み、料理が来るまでの間に、ドリンクバーやスープバーで必要な物を準備していく。

「先週会った時も感じたけど、真樹、お前、大きくなったたな」

「体重がね」

「それでいいんだよ。五か月前に会った時はやせ気味だったから、ちょっとぐらい腹に肉つけたほうがいい。そっから体を鍛えれば、成長期だし、体なんてあっという間にデカくなる」

「なにその野球部みたいなフィジカルの作り方」

だが、父さんらしくもある。俺の前で、父さんは暗い顔や落ち込んでいる顔を見せたりはしない。いつもの父さんだ。

だが、それでも確実に変わっていることはあって。

ともかく、本題に行く前に、ひとまず料理をしっかりと味わうことにした。

頑張って貯《た》めた高校生のお小遣いが簡単に吹き飛ぶ金額なだけあって、味はものすごく美味《おい》しい。

肉は噛《か》んだ瞬間にじゅわっと肉汁が溢《あふ》れ、普段食しているものとは段違いであることがわかる。セットの大きな車海老のフライもプリプリだし、ライスもすごくおいしい。

もしお金に余裕ができたら、海と一緒に行きたいと思えるほどに。

「……父さん、一つ、訊《き》いてもいい？」

「ん？」

残すはデザートのみというところで、俺は話を切り出すことにした。

質問は、この前、母さんにしたのと同じだ。

「父さんは、母さんのこと、まだ好き？」

「どうした、いきなり」

「別に。ただ、ちょっとだけ気になって――」

「いや、多分だが、その気持ちはもうないと思う」

「……そっか」

即答だった。

難しい判断に迷うことはたまにあっても、一度決めたらすがすがしいくらいさっぱりとしている。母さんとは違って、そういうところも、父さんは変わっていなかった。

今のところは、そう見える。

「長い間、妻として母親として頑張ってくれたから、人間としてはもちろん尊敬している。それは今でも変わらないけど、また一緒に生活できるかってなると話は別だ」

「じゃあ、俺と一緒なのは？」

「真樹だけなら、また話は別だが……俺の息子だし、話し合いでも、真樹の面倒をどっちが見たいかで最後の最後まで揉《も》めたよ。……ここだけの話だけどな」

つまり、父さんも母さんも俺のことを連れて行きたがったと。

俺のことが好きで、大事で、それはずっと変わっていないのに、それでも父さんと母さんは離婚を選択した。

それだけ、二人の気持ちが離れていたのだろう。

だから、だろうか。

「母さんのこと好きじゃなくなったのは……湊さんがいたから？」

意を決して、俺は話を切り出した。

瞬間、父さんの表情が硬くなるものの、すぐに元の顔に戻って、大きく息を吐いた。

「……やっぱり、この前のやつ、見られてたみたいだな」

「！　父さん、気づいてたの？」

「はは、当たり前だ。どれだけ髪型をいじって服装を変えても、お前は大事な俺の息子だぞ？　父親を舐《な》めてもらっちゃ困る。……あの女の子は、友達か？」

「うん、まあ。少し前に、仲良くなって」

スルーしたのは、湊さんや海に配慮したからだろう。

どうやら父さんを見くびっていたのは、俺のほうだったらしい。

「俺のことはともかく、湊さんとはどういう関係なの？　腕回してきたり、結構、仲良さそうだったけどさ、その……」

「もしかして、浮気でも疑ってるのか？　誓って言うが、ああして仕事以外でも会うようになったのは、母さんと離婚した後しばらくしてからだ。その前まではあくまで優秀な部下という認識でしかなかったが……相手側はそう思ってなかったんだな」

話によると、二人が近づいたのは、離婚して一か月ほど経《た》ってからだそうだ。離婚したことを父さんは大っぴらにはしていなかったが、偶然、会社の総務部に提出する扶養関係の書類を湊さんが見てしまったらしく、その後、湊さんから告白を受け、紆余《うよ》曲折《きよくせつ》あって、今に至るらしい。

そういう事であれば、もう俺や母さんにはどうしようもないことだ。

「湊さんのこと、好きなの？」

「俺の下で仕事をしているだけあって、苦労もわかってくれているからな。まあ、色々と助けてもらってるよ」

「湊さんが好きなんだね？」

「……そう思ってくれて構わない」

「好きじゃないの？」

「………ああ、まあ。好きだよ」

ものすごく歯切れの悪い言い方だ。

湊さんのことが好きで、だから母さんに未練はないとはっきり言えばいいのに。

俺は別に父さんと母さんのよりを戻そうなんて、そんなわがままなことを思ったつもりはない。

ただ、見てしまったものに対する真実を——父さんの本当の気持ちを知りたいだけだ。

今の父さんは、俺の知っているいつもの父さんではない。

絶対、父さんは何かを隠している。

湊さんとのことではない。だとしたら、一体何を。

「真樹」

「なに？」

「この前会った時から気づいていたが……手、荒れているな。ちゃんと寝る前にハンドクリーム塗っておけよ」

「え？」

「──すまない、もうちょっと一緒にいたいところだが、そろそろ部下が迎えに来るみたいだから、俺はもう行くよ。じゃあな、真樹」

「っ、待ってよ父さん。まだ話は終わって──」

急ぐようにして席を立った父さんを引き留めようと俺が席から立ち上がった瞬間、

──はあっ⁉　ちょっ、何言ってんの‼　マジあり得ない‼

店のフロア全体に、そんな大きな声が響き渡った。

「！　なんだ……？」

俺含めた客の視線が、一斉に声の主へと向かう。

俺の通う城東《じょうとう》高校の制服を着崩した、一人の女子生徒……というか。

俺も良く知っているクラスメイトへ。

「新田《にった》さん……？」

「え？　……うげっ、い、委員長……なんでこんなとこに……」

テーブルで一人いた少女は、同じクラスの新田さんだった。

ここのファミレスはメニューにもよるが、基本どのメニューも高いため、ランチはともかく、ディナーの時間帯は学生客というのはほぼいないはず。

まさか、こんなところで新田さんと鉢合わせすることになるとは。

「友達か、真樹？」

「あ、うん。友達っていうか、クラスメイトだけど」

席にいるのは新田さんだけで、他の人がいる様子もないので、おそらく、本当に偶然だろう。

「新田さん、どうしたの？　急に大声出しちゃったりして」

「あ、いや……ちょっとヤバいことになっちゃって。……その、お財布的に、というか」

「もしかして、お金ないの？」

「……あ〜、え〜と……はい」

目を泳がせた後、観念したように新田さんは頷《うなず》いた。

テーブルには飲み物や軽食、それにデザートなどが並んでいる。この時間帯はそれぞれのメニューが千円を軽く超えてくるため、お皿を見る感じ、ざっと計算すると三千円ぐらいにはなりそうだ。

「……実はその、彼氏と待ち合わせをしててさ。後で行くから先にご飯でも食べててって。お金は出すからって。で、ついさっき電話がかかってきたんだけど」

「来れないし、当然お金も出さない、と」

「うん……要約すると『本命の子との約束が出来たからごめんね』ってな感じで……」

「ああ……」

そういえば文化祭の時に告白されたとか何とか言っていたような記憶がある。きっとその人のことだろう。

話を聞く感じ二股……いや、もしかしたらそれ以上かけられていたか。

以前、当時のことを惚気《のろけ》気味に話していた新田さんの顔がふと思い出されるが……まあ、何にせよ気の毒なことだ。

「んでさ、まあ、そこまでは百歩……譲れないんだけど、持ち合わせが千円ちょっとしかないの、さっきまで忘れてて……でも、注文したメニューは奢《おご》りだからって調子に乗って頼んじゃって」

「そっか……」

お金がないのに注文して、会計で払えませんとなれば無銭飲食である。口約束を信じた新田さんも悪いが、しかし、声を荒らげたくなる気持ちもわかる。

「ご両親には連絡したの？」

「まあ……でも、ウチって共働きでさ、電話したけど、まだ出てくれない」

「じゃあ、他に頼れる人は……友達とか」

「訊くけど……お金払ってくださいなんてお願いできる友達、委員長にはいるの？」

「……ごめん、いない」

海にお願いすれば呆《あき》れつつも用立ててはくれそうだが、特別な事情でもない限りはそんなこと格好悪くてやれたものじゃない。

「……いくら足りないんだい？」

「え？　あ、えっと、二千円ぐらいですけど……あの、オジサンは……」

「私は、そこの子の父親で、前原樹《いつき》です。息子がいつもお世話になっています」

「いいん……あ、ま、前原くんの……いえ、こちらこそ」

父さんも横で事情を全て聞いていたようで、万札を手にしている。

「父さん、まさか払うの？」

「このまま放っておくと無銭飲食だろう？　他人なら勝手だが、息子のクラスメイトとなるとこのまま無視するのも後味が悪いし」

確かにこのまま自業自得だと見捨てると、下手すれば、新田さんは警察のお世話になるかもしれないわけで。

そうなると高校から何らかの処分が下る可能性もある。

事情も聞いたし、できれば助けてあげたいとも思うが。

「で、でも、それはさすがに前原さんにご迷惑というか」

「であれば、この場はとりあえず立て替え払いということにして、その分は後で息子に返してくれればいいよ。まあ、別に返さなくても取り立てをするつもりはないけど」

「う、う〜ん……」

ちらり、と新田さんが俺のほうを見る。

さすがに新田さんにもそれなりの常識はあるようで、そのままお言葉に甘えていいかどうか悩んでいるようだ。

「新田さん。悩んでも財布からお金が出てくるわけじゃないから、ここは素直に甘えてくれたほうがいいよ。多分、そっちのほうがお店的にもいいだろうし」

「そっか、いや、そうだよね……そういえばウチの両親、今日は忙しいって言ってたなあ……ってなるといつ連絡とれるかもわからないし」

お店としては誰が払おうが、お金さえあればいい。最初に近づいてきた店員さんも、話がまとまりそうなのを察知してか、今は遠くから様子を見ているだけだ。

「……じゃあ、この場は立て替えてもらうってことで。あの、本当にすいません」

「構わないよ。じゃあ、ウチのとまとめてお会計を――」

父さんが財布からカードを抜いて店員さんを呼ぼうと手を上げた瞬間、

「いや、やっぱり新田さんの分は俺が払うよ。父さんはウチの分だけお願い」

父さんの手首をつかんだ俺はそう言った。

「何言ってるんだ。お前が何を心配してるか知らんが、このぐらいの金額が増えたところで大したことは……それに、お前もそんなに持ち合わせはないはずだろう？」

「一応、母さんから今日の分のお金もらってるから、その分と合わせれば余裕で払えるよ。すぐにお金が必要な用事もないし、それなら後から返してもらえば全然問題ないから。……新田さんも、それでいいよね？」

「ん～……どのみち返すのは委員長にだから、私としてはお金の出どころはどちらでも構わないけど……」

「じゃあ、そういうことで」

すぐさま店員さんをボタンで呼び出して、新田さんのテーブルの会計をする。

先週のデートで残った分と今日のもらった分があるので、差額のみの支払い程度ならまったく問題ない。

予定していたクリスマス用の材料の予算は減るが、それは工夫すればいいだけの話だ。

「真樹、お前……」

「新田さんは『俺の友達』だから、俺が払うよ。……父さんはもう『他人』みたいなものなんだから、そこまでお節介は焼かないで」

血を分けた父親といっても、父さんとはもう去年からずっと暮らしていない。

先程のやり取りで、ほぼ確信した。

父さんはもう、母さんとよりを戻すつもりはない。

アルバムに残された写真のような光景は、もう二度と戻ってこない。

であれば、今、俺の家族はもう母さんだけだ。

父さんには感謝しているが、父さんにはすでに湊さんという新しい女の人がいるわけで、新しい家族を作ればいい。

その中に、いつまでも俺と母さんの影がちらつくのは、湊さんもあまりいい気分はしないだろうから。

「行こう、新田さん」

「いいの？　お父さん、なんか固まっちゃってる感じだけど」

「えっと……とにかく、そこらへんは察してくれると嬉《うれ》しい」

「まあ、今までの会話でなんとなく関係性は把握したけどさ」

その代わり、俺のほうも新田さんの件についてはとぼけることにする。お金については、また都合のいい時に返してもらえばいい。

「父さん、最後に一つ訊《き》いていい？」

「なんだ？」

「湊さんのこと、好き？」

「……」

少し沈黙したのち、父さんは俺から目をそらしつつ言った。

「……真樹にもいずれわかる時が来る」

「……それが父さんの答えなら、もうわかったよ。じゃあ」

そうして、俺は父さんから逃げるようにして、新田さんとともにファミレスを後にする。

今までずっと、父さんのことが好きだった。将来は父さんみたいになれたらと思っていた時期もあった。

でも、この日、別れ際に見た父さんは、今まで見た大人の誰よりも情けなく、そして格好悪く見えた。

振り向くことなく父さんと別れて、俺は家へと帰るべく、駅に向かって早足で歩く。

後ろのほうから新田さんもついてきているが、今はあまり後ろのほうを気にする余裕はなかった。

「……ねえ、委員長」

「なに？」

「ちょっとさ、コンビニでも寄ろうよ。寒いし、なんかコーヒーでも飲みたい気分。さっきのせいで、飲むの忘れちゃったし」

「それ、俺が奢るんだよね？」

「大丈夫だって、それもちゃんと返してあげるから」

「もう……コーヒーだけね」

「ゴチでーす」

まあ、俺もまっすぐ帰る気分ではないし、そのぐらいはいいか。

なぜ相手が新田さんかっていうのが、よくわからないけれど。

ということで、帰り道を少しだけ変更し、近くのコンビニで暖まっていくことに。

自分の分と新田さんの分、コーヒーを買って、イートインの席で座って待っている新田さんのもとへ。

「はい」

「どーも。あれ？　委員長、肉まん買ったの？」

「うん。ご飯はちゃんと食べたはずなんだけど、なんかね。……いる？」

「じゃ、ちょーだい。私まだ軽くしか食べてなかったから、お腹《なか》すいちゃってさ」

「そのわりに結構食べてたような……まあ、いいけど」

買ったはいいが、やっぱりお腹はいっぱいだったので、新田さんにそのまま渡すことに。

……なんだろう。さっきから、思考が上手《うま》くまとまらない。

「あ〜、ああいうお高めなファミレスも悪くないけど、行き慣れてる分、こっちのがほうがなんか落ち着くわ」

俺からもらった肉まんにかぶりつき、カップのコーヒーを一口飲んでから、新田さんはふう、と一息ついた。

帰りに友達といつもこうやって駄弁《だべ》っているのだろう。どこにでもいる女子高生、という感じだろうか。

「俺は……こういうところすら初めてだから、なんか落ち着かない」

「ああ、そういえば委員長、朝凪と仲良くなるまで一人だったもんね。確か、ずっと友達いなかったんだっけ？」

「まあ……父さんの仕事の都合でね。転校続きだったし、こんな性格だったから。どうせまたすぐどっかに行っちゃうから、別に作らなくていいかなって。面倒だし」

「ああ～、小学校の時、ウチのとこにもそういう子いたわ。小さい時は『なんで友達つくらないんだろう？』って思ってたけど、まあ、色々事情があるもんね」

「……へえ」

「は？　なに？　なんか今のやり取りで驚きポイントあった？」

「いや……なんか、意外だなって」

新田さんとこんな形で話すのは初めてだが、話を聞いてみる限り、やはりきちんと自分なりの考えを持っているように思う。

普段、クラスでいる時は誰かの意見に同調して、空気を読んで余計なことはしないから、なおさら新鮮に映る。

「あのさ〜、言っとくけど、私の方がアンタなんかよりよっぽど人と接してんだから。そりゃ人から見りゃキョロっぽいと思われるかもだけど、そうやって私は自分の居場所を確保して生きてきたわけよ。それを『面倒《めんど》くさい』とかしょーもない理由でぼっちだった奴《やつ》が私を馬鹿にすんなって話よ。わかる？」

「そっか……ごめん、気悪くさせちゃって」

「わかればいいのよ、わかれば。んじゃ、ここの分は奢りってことで……」

「肉まんは奢りでいいけど、コーヒー代はちゃんと返してね。ファミレス分と合わせて３１００円」

「わかってるっつーの。ったく、委員長のケチ……うう、バイトしたいけど、ウチは両親いるから認められないんよなあ……嘘《うそ》書くわけにもいかんし」

生徒手帳には確か『特段の事情がある場合を除き、アルバイトは原則禁止とする』という文言がある。

特段の事情とぼかされてはいるが、つまりは俺のようなひとり親世帯のことだ。

「こんなとこで聞くことじゃないけど……両親って仲いい？」

「悪くないんじゃない？　二人でいると結構な頻度で物が飛び交っているけど」

「それ仲いいって言うの？」

「そりゃ喧嘩《けんか》はしてるけどね。でも、だいたいその日のうちに仲直りして、夜気づいたら

「ウチは多分特殊なほうなんだろうけど、でも、そのおかげでなんだかんだ上手くいって

一息いれるようにもう一口コーヒーを飲んでから、新田さんがさらに続ける。

まあ、俺も勉強はそんなに好きではないし、気持ちはわかるのでスルーすることに。

新田さんが勉強をちゃんとすれば爆発のリスクを少しでも減らせるのでは、と思ったが、

怒りの矛先が全部向いちゃうんだって、仲直りした後の父さんと母さんが言ってた」

互いに直接不満があるわけじゃないんだけど、ちょっとしたきっかけで、その溜まってた

お姉ちゃんと私が勉強しないとか、仕事が忙しいとか、今月の生活費がヤバい、とか、お

「家族で生活してるとさ、どうやってもやっぱりイライラって溜《た》まってくらしいんだよね。

というか、そうでないと自分の身が危なくてしょうがない。

新田さんの空気を読むうまさは、こういうところで養われたのだろう。

ど、始まる空気みたいなの感じ取ってさ、よく部屋に避難してた」

わけよ。たまにやり過ぎて近所の人が心配で見に来るくらい。ウチお姉ちゃんいるんだけ

「……ウチの喧嘩ってすごくてさ。父さんと母さん、そりゃもう烈火のごとく怒り散らす

俺の父さんと母さんは……記憶にある限り、そういうのはなかったと思う。

しかし、仲が良いというのは間違ってなさそうだ。

「そんな情報まで言わなくていいから」

自分たちの部屋でギシギシアンアンやってる。ため息出るよマジで」

るんだと思うんよね。お互い全部吐き出してスッキリするから、その分だけ頭が冷えて仲直りできるのかなって」

「うん。それは新田さんの言う通りだと思う。変わってるのは多分確実だけど」

しかし、それもまたその人たちのやり方で、上手くいっているのならそれでいいと思う。

ウチは……そういうのがなかったから、こうなったのかもしれない。

「そんなわけで、私、結構わかっちゃうんだよね。今絶賛『溜まってる』最中なのか、もうすぐ爆発寸前なのか、ってのが。顔見ると一発」

「……じゃあ、俺の父さんのことも？」

「うん。委員長の身内にこんなこと言うのもなんだけど……私が今まで見た中でも、過去最大級にヤバい顔してた」

「そうかな？　そんなに爆発するような雰囲気はないと思うけど」

「まあ、そうだね。委員長のお父さんは、どっちかって言うと不発弾って感じかな。爆発するタイミングを完全に見失って、もうどうしようもないって感じ」

「解決するためには処理班に頼むしかない、みたいな？」

「じゃない？　不発弾を爆破処理するわけにはいかないっしょ？　知らんけど」

とはいえ、それはもう俺や母さんがどうこうできる問題ではない。

爆発するなら俺たちの迷惑の及ばないところでやって欲しいものだ。

「お父さんのことはどうでもいいとして……ヤバいのは、委員長、アンタだよ」

「え？　俺？」

「そ。なんか自分はカンケーねーみたいな顔してるけど、委員長もちょっと不発弾なりかけてっかんね。まあ、あくまで私の勘でしかないんだけど」

「俺が……父さんみたいになりかけてる……」

コンビニの窓ガラスに映っている自分の顔を見る。

いつもの冴《さ》えない顔。しかし、ぼっちだった時と較《くら》べれば大分マシだと思うのだが。

「ま、もし何かあったらちゃんとお母さんとか朝凪とかに抜いてもらいなよ。じゃないと、いつか自分がどうにかなっちゃうんだから」

「言い方……まあ、心配してくれてるんだろうから、わかったけど」

「そういうこと。委員長の調子が悪いと、連動して海と夕ちんの雰囲気が悪くなっちゃうからね。アンタのことはともかく、あの二人は大事な友達だし。んじゃ、私はこれでお先するから。コーヒーと肉まん、あんがとね」

「あ、うん。じゃあ」

「ん」

そう言って、新田さんは手をひらひらと振ってコンビニを出て行く。

さっきまで無銭飲食なりかけで恐縮してたのに、俺に言いたいこと言ってスッキリしたのか、小さくなっていく彼女の後ろ姿はやけに弾んでいた。

本当に、いい性格をしている。

「爆発しないよう、適度にガス抜きしろってことなんだろうけど……」

脳裏によぎるのは、母さんが真剣な顔で俺に言った、あの時の言葉。

――海ちゃんには、あんまり家のこと言っちゃダメよ。

できれば海に相談したい本心と、でも、余計なことに巻き込んで迷惑をかけたくない気持ち、そして、母さんの気持ちも尊重したい気持ちがせめぎ合う。

新田さんは簡単に言うが、俺にとっては中々難しい注文だった。


その日の夜、俺は夢を見た。

場所は、中学三年の冬まで住んでいた家のリビング。学生服を着た俺へ、四人の大人の視線が注がれる。

父さんと母さんが向かい合うようにして座っている。そして、その隣には、スーツを着た俺の知らない人が一人ずつ。顔のほうは、靄《もや》がかかっていてよくわからない。

『この子は私が見ます。母親なんだから、当然でしょう？』

『いや、俺が見る。収入的にも、そっちのほうがこの子のためだ』

『それはお金だけでしょ。これからが大事な時に、この子を独りぼっちにさせるつもり？』

『君の方こそ、これから大事な時期にお金でこの子を苦労させるつもりか？　冗談じゃないぞ』

机の前に立ち尽くす俺を無視して、父さんと母さんがやり合っていた。

ちなみに言っておくが、こんな記憶は俺の中にはない。離婚にかかる話し合いは、それぞれの弁護士さんの事務所など、全て家以外の場所で行われていて、俺は同席していない。

だから、今、俺が見ているこの光景も、両親の言い争いも全て、俺の夢が勝手に見せている幻影に過ぎないのだ。

おそらく父さんから、今まで聞いていなかった話し合いの様子を聞かされたのが原因だろう。こんな嫌なタイミングでどうしてこう……いや、こういうタイミングだからこそか。

『この子は私がいないと――』

『いや、俺がいないと――』

夢の中の父さんと母さんは、双方とも、俺をどうしても引き取りたいらしく引き下がる気がない。慰謝料、財産分与、養育費その他、離婚にまつわる取り決めのあれこれを譲歩してまで、どちらも必死になって俺の親権を欲しがっている。

「私のほうが」「俺のほうが」――そうやって平行線を辿《たど》っているのを俺がただ眺めていると、

『『それで、真樹はどっちがいい？』』

と、父さんと母さんが同時に俺の方へ問うてきた。

「俺は……別に、その、」

『お母さんよね？』

『父さんだよな？』

「っ……えっと」

二人の迫力に押され、夢の中の俺は答えることができない。

というか、どっちか選ぶことなんてできない。

父さんと母さんは他人でも、俺は父さんと母さんの血をどっちも受け継いで生まれた子供だ。

優しい母さん、かっこいい父さん。

どちらも自慢で、どちらも大好きだ。

どっちかなんて、選べない。選びたくない。

しかし、父さんと母さんは離婚する。

今まで見ていて、父さんと母さんがいがみ合っているのを何度も見ていた。子供部屋で静かに寝ているふりをして、父さんと母さんが冷たい口調で言い合っているのを見た。

話し合いになって、俺の知らない大人たちも大勢加わって。

子供といっても、俺だってもうそれなりの歳《とし》だ。わがままを言ったところで、この話が決して覆せないことはわかる。

『真樹っ』

『真樹』

「父さん、母さん、俺は……」

父さんの顔を見て、母さんの顔を見て、その他、俺のことを見てくる皆の顔を見て。

「……俺は、みんなが決めた話に従うよ。別に俺はどっちでも構わないから」

別に。どっちでも。

そんなことを言いたいわけじゃないのに。

俺は、そう絞り出すことしかできなかったのだ。

「————っっは……！」

そこでようやく俺は夢から目覚めた。

多分、うなされていたのだろう。体が熱く、心臓がバクバクと脈打っているうえに、汗までびっしょりだ。

落ち着いてゆっくりとした呼吸を繰り返し、乱れた心と体を落ち着けていく。

「はあ、はあ……」

かなり長い夢だったような気がするが、枕もとに置いているスマホの時計は夜中の０時を過ぎたところ。

駅で新田さんと別れて家に着いた途端、その日の疲労が一気に押し寄せて、着替えた後そのまま寝てしまっていた。

それが確か22時を過ぎたあたり。二時間弱しか経過していない。

と、スマホのディスプレイに不在着信をお知らせするアイコンが表示されているのに気づく。

【23：01　朝凪海】
【23：10　朝凪海】
【23：22　朝凪海】
【23：30　朝凪海】
【23：39　朝凪海】
【23：55　朝凪海】

「あ、やば……」

ほぼ十分おきに来ている海からの着信を見て、俺は我に返る。

色々あったのと疲れでうっかりしていたが、そういえば海に連絡するのを忘れていた。

帰ってきたらちゃんと伝えると約束していたのに。

恐る恐るメッセージを送ってみる。

『(前原) ゴメン、海』

『(前原) 起きてる?』

——ブーッ!

「おわっ」

メッセージを送った瞬間、俺のスマホがすぐさま震える。

バイブレーションの強さはいつも通りのはずなのに、なぜだか、スマホが怒っているように感じる。

海、きっと怒っているだろうな。

「あ、あの……」

『……ばか』

「ごめん。帰ってすぐ寝落ちしちゃってて、連絡入れるの遅れた。……本当ごめん」

『まあ、ちゃんと連絡くれたわけだから別にいいけど……でも、本当に寝落ち? 実はお父さんと何かあったりしてない?』

「それは大丈夫。しっかり父さんに高いメニュー奢《おご》らせて、湊さんとのこと問いただして、訊《き》くことはちゃんと訊いたから」

　とはいっても、聞きたい答えが聞けたかどうかはまた別の話だが。

　ひとまず、話せる範囲で湊さんとのことについて海に打ち明けた。

　湊さんとの交際は離婚後であること。そして今は、部下として、また、交際相手として公私ともに支えてもらっていることなど。

　そういう関係だから、もしかしたら、すでに元の家では新しい生活を始めているかもしれない。

『そっか。まあ、予想通りだったね。ってか、もし不倫だったとしたら真咲おばさんがそこんとこスルーするとは思えないし』

　それは海に同意だ。父さんが離婚まではきっちりしていたからこそ、母さんもまだ未練を残しているわけで、そうでなければ母さんも父さんをばっさり切っていただろうし、俺との面会すら許さなかったはずだ。

「とにかく、この話は今日でおしまいにしようと思う。俺たち二人で騒いで、これ以上父さんと母さんに迷惑かけたくないから」

『だね。私としては真樹のお父さんには文句の一つも言いたいところだけど』

「まあ、それはまたの機会ってことで」

　初デートの時には言いそびれてしまったが、元々本命の日はクリスマスだったわけで、その予定が変わったわけではない。

だから、きっと大丈夫なのだ。

「じゃあ、時間も遅いし、これで連絡は完了ってことで。おやすみ、海」

『うん。おやすみ、真樹。あったかくして寝なさいよ』

「うん。そうするよ」

通話を終えた俺は、元あった場所にスマホを戻して、ベッドに倒れ込んだ。

「……これでいいんだ、きっと」

スウェットの袖で額に浮かんでいた汗をぬぐい、俺は改めて思う。

父さんと母さんのことはもう終わったことだ。今日の父さんの反応は気がかりではあるけれど、だからと言って父さんと母さんがよりを戻すようなことはあり得ない。

だから、俺は俺のことだけ考えていればいい。

今の俺の側《そば》には、いつも海がいてくれる。自分のことを第一に考えて、申し訳ないぐらいに気にかけてくれる人が。もちろん、天海さんや望、そして新田さんもそうだろう。

これからは、そういう人たちと楽しく過ごすことだけに集中すればいいのだ。

「大丈夫……俺は何も心配する必要なんかないんだ」

そう思いつつ再びベッドに横になった俺だったが、先ほど見た夢が脳裏に何度もちらついて、その日と、それからの休みは、結局満足に寝付くことができなかった。

「……う～」

それから、休み明け。期末テストの二日目の朝を迎えた。

正直言って、体の調子はいいとは言えない。睡眠時間はきっちり確保しようと早めの時間にベッドには入ったものの、結局寝付くことができたのは夜中の３時から４時の間ぐらい。

眠気はあるのになかなか寝付けないという状況ではあるが、決められたテストは平等に訪れるので、ここは何とか気合を入れて頑張らなければ。

「……ふうっ」

冷たい水を頭からかぶり、両頬《りょうほほ》を手でぱんぱんと叩《たた》いて気持ちを引き締める。

目の奥にまだ疲れが残っている気がするが、試験になってしまえばそれも忘れるだろう。

「おはよ、真樹」

「おはよう、母さん。今日は随分ゆっくりしてるじゃない。朝ご飯なんか作ったりしてさ」

洗面所からリビングに戻ると、いつの間にか起きていた母さんがキッチンに立って朝食の準備をしている。普段ならこの時間は、食パン一枚を牛乳で流し込んでバタバタと家から出て行っているのに。

「まあ、最近は特に真樹に家事任せっぱなしだったたし、たまにはお母さんらしいところも見せないとね。はい、出来たよ」

ご飯、豆腐とわかめの味噌汁《みそしる》、玉子焼き。ほのかに甘い香りが立ち上るいつもの玉子焼きだが、この作り方を教えてくれたのは母さんだ。

さっそく一切れ、口に運ぶ。久しぶりだけあって、いつもより美味《おい》しく感じる。

「どう？　久しぶりの母の味は」

「……まああかな」

「そう。よかった」

二人で向かい合って、もくもくとご飯を口に運ぶ。

最近は海が来てくれることが多かったものの、やはり母さんと二人でこうして食卓を囲むのは嬉《うれ》しい。

欲を言えばせめて朝だけでもこうしていたいと思うが、仕事も大事なのは理解しているので、そこは俺が支えてあげなければいけない。

それに、仕事をしている母さんも決して嫌いではないから。

「……ねえ、真樹」

「ん？」

「お母さん、しばらく仕事休むことにしたから」

「え？」

食事を終えて後片付けをしていると、食後の一服にベランダでタバコをふかしている母さんがそう言った。

正直、驚いた。

昨日は日曜日にも拘《かか》わらず休日出勤をして、休みなしで週の初めを迎え、愚痴は言っても休暇はとらない仕事人間だったはずの、そんな母さんからの突然の休職宣言。

だから今日、こんなにも余裕をもった朝を迎えていたのか。

「休むって、マジ？」

「マジマジ。大マジ。そんなことで真樹に嘘《うそ》なんかつかない」

「休むって、どのくらい？」

「とりあえず二か月か三か月。それ以上はどうするか検討中」

「どっか体壊したの？」

「いや別に健康だけど……まあ、このままやってたら確実に体壊れちゃうし、ちょっと働き方を見直そうかなって。あ、あとタバコは本数減らせって言われたけど」

まあ、医者に今の生活環境を伝えたら誰だってそう言うだろうし、アドバイスぐらいはするだろうが。

でも、言ってしまえばそんなの仕事に復帰した時点でわかっていたことで、それを急に母さんが翻意するだろうか。

いや、実は何か重い病気を隠して……と思ったが、母さんがそんなことする人だとは思えないし、日常生活でもおかしいところはなかった。

「急だったから会社もいい顔はしなかったけど……まあ、そんなわけでしばらく家事は私がやることにしたから。ごめんね、真樹。今まで迷惑かけちゃって」

「いや、俺は別に家事が苦だったわけじゃないから、迷惑なんてこと……」

母さんがしてくれるのならそれでも構わないが、気になるのはお金のことだ。

二か月、三か月休職するというのなら、ひとまずその間の給料はかなり少なくなるわけで——生活費が厳しくなるのは、子供の俺にだって簡単に想像できるが。

「あ、もちろんお金のことは心配しなくていいからね。ちょっと仕事休んだぐらいじゃ、びくともしないぐらい貯金はあるから。海ちゃんとのデートとかでお金が要る時は、いつでも言ってきなさい」

「……本当に？　実は朝起きたら母さんが夜逃げしてたとか……」

「しないしない。真樹はそういうテレビの見過ぎ」

離婚の時、父さんからそう少なくない額をもらっているとは思うが、それでも今後はそれとなく遠慮したほうがいいだろう。

やはり、俺もそろそろアルバイトを探すべきか。

「さて、と。今日は久しぶりに部屋の掃除でも徹底的にしようかな。真樹、エッチな本とか見られたくないなら、ちゃんと鍵のかかる引き出しにしまっておきなさいね」

「そ、そういうのないから」

正直なくはないが、最近はネットで探せば大体見つかるので、母さんの期待するような展開はないと思う。

その後、通学時間まで本当に久しぶりに二人でゆっくり過ごしたが、張り切って掃除をしているはずの母さんの顔は、普段よりずっと元気がなさそうに見えた。

その後、体調の悪さは感じつつも、二日目・三日目と期末試験をなんとか乗り切ったところで、その放課後。

母さんのことについて海に話すことにした。

「……そっか。まあ、私の目からも真咲おばさんって異常に頑張り過ぎてたように見えたから、そうやってスパッとお休みするのはいいことだと思うけど……そうなると、今まで通り好き放題はできなくなっちゃうね」

「そうなんだよな……」

結局のところ、それが問題だった。

母さんが仕事から離れてゆっくりと体を休めることができるのは、確かに喜ばしい。

しかし、親の目があるとなると、以前のように気兼ねなくだらだら過ごすのは難しい。

絨毯《じゅうたん》の上にピザの箱を直置《じかお》きで食べつつゲームしたり、横になってゴロゴロしながらバリバリとスナック菓子を食べ散らかして漫画を読んだり……一応、海が帰る時に掃除をしているものの、金曜日の俺と海はそれぐらいだらだらとした時間を過ごしている。

もちろん、母さんには『いつも通りでいいよ』と許可をもらっているが、だからといって堂々と我が家のように振る舞えるほど、海は常識のない女の子ではない。

「ってことで、今週はどうする？　いつも通りウチで遊ぶか、ちょっと予定を変更して別のことをするか」

「う～ん……私的には別にそれでもいいんだけど……ん？　あ、ちょっと待って。お母さんから電話だ。……もしもし？　なに？」

海が空《そら》さんと通話している間も、引き続きいい案がないか考えを巡らせる。

仲が深まるようになるにつれ、最近は二人でこっそりベタベタすることが主流になっている週末の時間だが、元々は中学時代からの問題で精神的に参っていた海が少しでも楽になればと始めたことだ。

特に、先週から今週にかけて続いた試験勉強だったり、父さんのことがあったりと海には迷惑をかけっぱなしだから、少しでもそれを労《ねぎら》ってあげたい気持ちもある。

海が誰にも気遣うことなく、ゆっくり過ごせる場所があればいいのだが。

「あ～……まあ、予定はまだ大丈夫だと思うケド……じゃあ、ちょっと今から訊《き》いてみるよ。はい、それじゃあね」

「……結構話し込んでたみたいだけど、なんかあった？」

「いや、別に大したことじゃないんだけど……真樹、今週の金曜日なんだけど、ウチの家でご飯食べない？　ってウチの母君が仰せでさ」

「え」

「……でね、まあ、ここからが本題なんですが」

申し訳なさそうな顔で、海が続ける。

「……その日だけ、ウチの父君も家に帰ってくるらしく」

「やだ」

反射的に口から言葉がこぼれた。

「やだじゃない。……母さんが父さんに真樹のこと話してるのは知ってるよね？　顔をじっくり見てみたいんだって、父さんが」

「や……」

「やだじゃない」

ということで、目下の悩みを余裕で吹っ飛ばしてくるような目の覚めるイベントが、クリスマス前にぶっこまれてしまった。

海の父親である大地《だいち》さんとの対面……いずれ来るとは思っていたが、もしかしたら、家のあれこれの前に、まずは自分の命の心配をすべきかもしれない。

「あっ、そっかぁ、ついにきちゃったかあ。久しぶりの海の家族団らんの場に真樹君が……ご愁傷さまです」

翌日の昼休み、俺と海から金曜日のことを聞いた天海さんがそう言った。

こういう場合、天海さんなら、

『あー！ いいないいなー！ 私も一緒に二人とご飯食べたい！』

となるはずなのに、今回に限っては羨ましがる素振りすらない。

海がいるところならどこにでも、のスタンスである『あの』天海さんが、である。

この時点で、もう相当やばいことがわかる。

「よーし、真樹、今からでも土下座の練習すっか。娘さんの件では大変申し訳ありませんでしたって誠心誠意謝れば、きっと命までは取られないって」

「いや、まだ俺何もしてないし。……とりあえず、額は床にこすりつけたほうがいいかな？」

「おう。そっちのほうが心こもってる感あるな」

「おーい、そこのバカ助二人戻ってこーい」

　俺の隣で話を聞いていた望と土下座談義をしていると、そんな俺たち二人の様子を見た海が呆《あき》れた様子で言う。

「ただ家でご飯食べるだけで、そんなことにならないっての。ウチの父さん、家ではそんなに喋《しゃべ》らないけど、別に怖いってわけじゃないし。……夕、あんまり余計なこと言って、真樹のことビビらさない」

「私は別に大地おじさんのことが怖いとか言ってないし」

「そうだね。アンタが怖いのはウチの陸《りく》だもんね」

「陸？　あ、ああ、海のお兄さん？　だったっけ？　そんな人いたっけ？」

「記憶から抹消しようとすな」

　海とは親友のはずなのに、陸さんに対してだけは、天海さんはこういう反応をする。

　大地さんがいるということは、当然、陸さんも同席するはず。なので、個人的にはそっちのほうも気になっていた。

「海、どうして天海さんはそんなに陸さんのこと苦手なの？」

「アニキ、実は夕のことがめっちゃ好き？　っぽくてさ。その時だけ動きが挙動不審になってクソキモくなるんだよね。普段はただ部屋からあんまり出てこない無職なんだけど」

「無職についてはまあいい、いや、やっぱりよくないのかな……で、キモくなるって、例えば？」

「意味もなく夕に向かって匍匐《ほふく》前進したり、四足歩行になる」

「できるだけ擁護しようと思ったけどできなかった」

以前に聞いていた情報によると、陸さんは前職が大地さんと同じく自衛官だったらしいので、匍匐前進はその名残かもしれないが、四足歩行はちょっと意味がわからない。

そう考えると、天海さんが苦手としているのもわかる。

「しっかし、それを差し引いても真樹が羨ましいぜ。今週は朝凪の家、んで、来週は一緒にクリスマスパーティに行くんだろ？　俺なんか姉ちゃんと一緒だぜ。一人で暇なら雑用手伝えって。やってらんねえよ」

「俺は参加するって言ってないからパーティには行けないけど……それより、姉ちゃんと——って、望のお姉さんもウチの高校なの？」

「ん？　おお、そうだよ。関智緒《ともお》、今の生徒会長……あれ？　言ってなかったっけ？　ウチの姉ちゃんのこと。自己紹介の時にちらっと触れたはずだけどな。当時は副会長かな？だったけど」

俺、海、天海さんで目配せし合ったが、そんな時の記憶はあるはずもなく。

「ひでえな。特に真樹、お前、文化祭の時、姉ちゃんから代表で記念品もらったろ」

「……いや、あの時は大分緊張してたから、顔もぼんやりとしか覚えてないし」

名前だけはもちろん耳にしていたので、そういえば望と苗字《みょうじ》が同じだとぼんやりとは思っていたが、まさか姉弟だったとは。

「で、ちょっと話戻るけど、真樹、お前パーティ参加しないのか？」

「しないよ。今ならまあ……ちょっとは考えるけど」

昔のようなクラスにおける『得体の知れない人』ならともかく、今なら海もいれば天海さんもいるから、孤立しないしそれなりに楽しめるとは思うが。

「そっか。じゃあ、今から姉ちゃんとこ行って、真樹も参加できないか頼んでみるわ」

「え？　できるの？」

「さあな。でも、参加人数もかなり多いはずだから、もしかしたら参加キャンセルとかがいるかもしれねえし」

確か今回のイベントを企画したのはウチの生徒会である。その代表である生徒会長＝望のお姉さんなので、お願いすればなんとかねじ込めそうな気もするが。

「それに、普段のグループで彼女持ちばっかりの中で俺一人よりは、真樹といたほうが俺も気が楽だし。……そっちの二人はどう思う？」

「まあ、私も夕も当日はぼーっとする感じになっちゃうだろうから、真樹と一緒にいれるならそれはそれで問題ないけど。夕は？」

「私も別にいいよ。どうせ暇だし、生徒会長と一緒ってことは裏方のお仕事とかも手伝うってことだよね？　私そういうのやったことないから、なんだか面白そう」

二人からも特に異論はないということで、早速、俺たちは、普段会長がいるという生徒会室へ向かうことにした。

「──望、アナタって子はどうしてこう……」

一人で使うには少々広い生徒会室で静かに昼食をとっていた生徒会長は、弟からのお願いを聞いてこめかみに手を当てていた。

二年の関智緒先輩。姿を初めてしっかりと見たが、弟の望同様、背が高く、後ろで結った長い黒髪が特徴的な人である。

今は望からのお願いで少々顔をゆがめてはいるが、目鼻立ちは整っていて、とても綺麗《きれい》な──すぐ後ろの海が俺の横腹をぎゅっとつねっているので、これ以上はやめておく。

「急な話で悪いのはわかってるよ。で、できんの？　できねえの？」

「……確かにキャンセルの連絡は何人かからもらっているから、人数的には問題ないけど」

「お、いいじゃん。じゃあ、さっそく真樹の名前を名簿に加え──いてっ」

「だから話を聞けって言ってるの。このおバカは」

生徒会長が、手に持っていたファイルの角で、望の額を軽く小突く。

二人のやり取りを見る限り、関家のほうは『しっかり者の姉』と『やんちゃな弟』という感じがする。

望によると『弟を奴隷のようにこき使う鬼のような女』とのことだが……ここらへんは生徒会長のほうにも言い分がありそうなので、そこはいったん保留。

「前原君、だったかしら？　まずはウチの弟と仲良くしてくれてありがとう。姉としても弟の交友関係は心配だったから、あなたみたいな真面目そうな子がいてくれると嬉《うれ》しいわ」

「いえ……あの、それよりもすいません。もう直前なのに、急に参加したいなんて言って、ご迷惑をかけてしまって」

「ええ、そうね。元々参加してお金を払っている人のキャンセルはありがちだから、こっちも準備はしているけど、だからって新しい参加は基本認めてないわけだから」

こういうパーティの場合、事前に名簿を作り、招待状の持参をお願いするなどして対応している。部外者が勝手に入り込むことを避けるためだ。

いくら参加校の生徒で、お金も払うつもりで、しかも責任者である生徒会長に事前に話を通しても、他の高校も参加している以上、今から名簿を作り直すのは難しい。

「マジかよ、じゃあ、俺は『イキってたくせに結局お姉ちゃんと二人でクリスマスを過ごす男』というレッテルを貼られてこれからの人生を——だっ⁈」

「だから、最後まで話を聞きなさい。……まだ断ったわけじゃないんだから」

「ってことは……」

「ええ。今回はウチの生徒会メンバーのほうに欠員が出ちゃってね。裏方だからゲームとかには参加させられないけど、料理ぐらいなら休憩中に食べても構わないわ」

つまり、条件付きで参加していいということだ。

「……ありがとうございます、会長」

「まあ、これが私の権限で勝手ができる精いっぱいなんだけど。……ごめんなさい、仕事を急に押し付けちゃうようなことして」

「いえ、参加できるだけで十分です」

これでクリスマスは割と長い時間、海と過ごすことができる。

それが素直に嬉しかった。

「よかったね、海？」

「……なんのこと？」

一応、海も天海さんもそれなりに着飾っていくそうなので、そちらについても楽しみだったりする。特に海の、だが。

「じゃあ、早速だけどこれから当日やってもらうことの説明をするから、四人とも席に座ってくれる？」

「はい、会長」

「へいへい」

「はーい！　ほら、海も海も！」

「ちょっ、もうわかってるって……」

やることは多いし忙しいけれど、その分楽しみが増えるのは確かだし、そのほうが気も紛れるのでいいだろう。

クリスマス……無事に過ごせるといいが。


どうしてこう来てほしくない日は以下略。

光が通り抜けるがごとき早さで迎えた金曜日の放課後、いったん海と別れて帰宅した俺は、自分の部屋で外出の支度をすることに。

「海は適当でいいって言ったけど……どの服を着るべきかな」

海も部屋着で待っているというから、俺もいつものトレーナーとかでいいんだろうけど……やはりデートの時の服をそのまま着ていくか。いや、それはさすがに気合が入り過ぎなような。

色々悩んだ結果、とりあえずジーンズだけデート時のものを使うことにして、後は灰色のパーカーと黒のダウンジャケットを着ていくことに。靴は最近新しく買ったスニーカーでいいだろう。

「すいません、今日はうちの息子が……いえいえ、もうほんと、バシッと気合入れちゃって構いませんから」

服を着替えていると、そんな母さんの余所行《よそゆ》きの声が聞こえる。おそらく電話の相手は空さんだろう。

というか、ただ晩ご飯にお邪魔するだけなのに、何をバシッとなのか。

「はい、それではよろしくお願いします。はい、はい、では」

「……いちいち電話しなくてもいいのに」

「私もそう思うけど、まあ、一応ね。久しぶりに空さんと話したいってのもあったし」

電話口では明るかった母さんの声だが、電話を切った後は、やはり最近の元気がないものに戻る。リビングの灰皿には、山のような吸殻がたまっていた。

「ねえ、母さん」

「なに？　言っとくけど、もし海ちゃんのお家にお泊りするならちゃんと連絡――」

「……やっぱり、父さんに何か言われたんじゃないの？」

瞬間、母さんが真顔になる。

「なんのこと？　父さんから私への連絡はいつもと変わらな――」

「母さん」

「………………いや、あのね、」

「やっぱり、そうなんだね」

母さんから話す素振りがなかったので訊くべきか迷ったが、やはり我慢できなかった。

というか、週末に父さんと会ってからすぐ休職すると言い出したわけだから、訊かずとも容易に想像できた。

「……うん。父さんにね、バレちゃったのよ。今の仕事のこと。で、怒られちゃった。もちろん、自覚もあったし」

そこから少し話を聞いたが、母さんは、今の死ぬほど忙しい出版社での仕事の状況を父さんに秘密にしていたらしく、息子に余計な負担をかけてどういうつもりだと問い詰められたそうだ。

それがなぜバレてしまったかというと、きっかけは、冬場の洗い物などで荒れてしまっていた俺の手。

そういえば、先週の別れ際、手のケアについて色々言われていたことを思い出す。さすがというべきなのだろうか、父さんは細かいところまでよく見ている。

「でも、そこまで父さんに言われる筋合いは……そうじゃないと、俺たちだって生活できないわけで」

「………………」

だが、母さんは俯《うつむ》いたまま答えない。

それでわかってしまった。

「母さん、もしかして違うの？」

「……うん。ごめんね、真樹。実はね、仕事なんかしなくても普通にやっていけるぐらいには、お父さんから毎月お金はもらってたのよ」

「じゃあ、今の生活費は全部母さんの給料から？」

「うん。お父さんからのお金には一切手を付けずにね。こんなものなくても、自分と真樹の生活ぐらいなんとかしてみせるんだ、って、なんか意地になっちゃって。仕事してるときは、余計なこと全部忘れられたし」

だが、偶然駅ビルで鉢合わせた時や、先週の面会日で俺の様子を不審に思った父さんが母さんを問い詰めて、強い口調で言われてしまったと。

それがちょうど先週末の話。つまり、俺と別れたすぐ後に、父さんはすぐさま連絡を取ったことになる。

詳しい話については『あまり綺麗な言葉じゃなかったから』と濁した母さんだったが、それが相当こたえてしまったのだろう。それで、ひとまず休職を申し出た、と。

「ごめんね、真樹。今まで私たちの事情で振り回して、寂しい思いをさせて。でも、これからは大丈夫だから。三人でまた一緒にっていうのは無理だけど、でも、お母さんだけは真樹の側《そば》にいるから」

「……母さんはそれでいいの？」

「うん。仕事も楽しいけど、でも、それより真樹のことが一番大事だから。それでもし真樹がいなくなっちゃったら、本末転倒だし」

そう言って母さんは力なく笑う。

好きな仕事を休むのだから、母さんだって、先の休日、俺の見えないところで相当悩んだはずだ。

でも、それで母さんの選択を認めてしまっていいのだろうか。

「……俺は、仕事してる母さんも好きだよ」

「ふふ、ありがと。じゃあ、真樹が大学卒業して海ちゃんと結婚したら、また働きに出ようかな。あ、高校卒業したら学生結婚する？　私は全然ＯＫだけど」

「俺がＯＫじゃないけど」

母さんが良くても、朝凪家の人たちが認めてくれないだろう。そんなことしたらマジで気合どころじゃすまない。

というか、俺が海と結婚することは、母さんの中では確定しているようだ。

一応、俺たちの間ではまだ恋人にもなってないのだが。

「ほら、ウチの話はひとまず後にして、さっさと行ってきなさい。あ、これ、職場からもらったお菓子の詰め合わせ。これも空さんに渡してちょうだい」

「うん、それはわかったけど……でも、」

「いいの。さ、早く。約束の時間に遅れるわよ」

「とと……わ、わかったよ、もう。じゃあ、行ってくる」

有耶無耶《うやむや》にされたまま家から追い出されてしまったわけだが、果たして、このまま終わらせてしまっていいものだろうか。

とにかく、今日の夜は長くなりそうな気がした。


朝凪家までの道は、最近、海を送っていくことも多かったのでもうお馴染《なじ》みだが、朝凪家へと足を踏み入れるのは、海が俺の家にお泊りをした翌日に伺った時以来、二度目である。

「今日は寒いからお鍋にするんだって。真樹、苦手な食べ物とかなかったよね？」

「あ、うん。大丈夫」

「そっか、じゃあ私の分のニンジンよろしく」

「自分はあるのかよ。別に好きになれとは言わないけど、ちょっとは食べたほうがいいと思うよ、俺は」

家の近くで待ってくれていた海と合流し、他愛《たあい》のない話をしながら、朝凪家の門をくぐった。

「あ、先行ってて。扉のカギ開いてるから」

後ろで海が門を閉める音がする。これでもう後戻りはできない。

「お、おじゃまします……」

玄関に入ると、早速エプロン姿の空さんが出迎えてくれた。

「あら、いらっしゃい、真樹くん。今日はわざわざ来てもらってごめんね」

「いえ、こちらこそ……これ、母からです。つまらないものですが」

「あら、どうもありがとう。ささ、上がって上がって」

家に入った時点で、なんというか、以前来たときの臭いというか、空気が違う気がする。

玄関を見ると、俺のスニーカーの一・五倍ぐらいはありそうな靴がある。よく使い込まれている様子だが、泥などは一切ついておらず、ピカピカに磨かれている。おそらく大地さんの靴だろう。よく手入れされていて、それだけで性格がわかる。

つまり、あと数歩先にいけば、いるということだ。

「真樹、大丈夫？　今にも心臓止まりそうな顔してるけど」

「だ、だいじょ……うぶ。なんとか」

小さく深呼吸をし、緊張をなんとか飲み込んでからリビングへ。

とりあえず、まずは挨拶だ。最初の挨拶で印象よくすれば、ひとまず睨《にら》まれるようなことはないだろう。

「お邪魔します。あの、俺――」

「――むっ」

「！　あぶっ」

だが、挨拶しようとしたところで、突然、俺の視界を遮るものが。

勢いよくぶつかってしまったのもあって、その拍子に尻餅をついてしまった。

「ちょっ……真樹、大丈夫？　どこも痛くない？」

「あ、うん。ちょっとびっくりして大袈裟《おおげさ》に転んだだけだから」

差し出された海の手を取って立ち上がると、俺の目の前に背の高い人がいた。

スウェット姿の若い男の人……多分、この人が海のお兄さんの陸さんだ。

「ちょっと兄貴、人が帰ってきてんのわかってんだから、そのタイミングでリビングから出ようとすんなっての」

「は？　トイレぐらい自由に行かせろ。このバカが」

「は？　トイレって、さっき行ってきたばっかじゃん。あとバカ言うな」

「……コーヒーを飲み過ぎたんだよ、バカ」

俺のことをちらりと見て、陸さんが横を通り抜けてトイレへ。

「あ、あの、前原です、どうも」

「……ああ、うん」

軽く会釈をしただけだが、『俺の妹をよくも……』のような警戒をされている感じはしない。まあ、今のやり取りを聞く限り、そこまで兄妹《きょうだい》仲はよくなさそうなので、当然といえば当然か。

「まったくもう、あの子ったら……あ、お父さん、お連れしましたよ」

「ああ。せっかくだから、そこに座ってもらって」

「はい。真樹君、とりあえず向こうに行ってくれる？」

　空さんに言われるまま、俺はリビングのソファへと座る。

「――どうも、前原君。海の父の大地です」

「ど、どうも、ま、前原真樹といいます」

　大地さんと向かい合った瞬間、今日イチの緊張がどっと押し寄せてきた。

　デカい。全体的にデカい。

　名前の通り、と言ったら失礼かもしれないが、それが大地さんに対する俺の第一印象だった。

　もちろん、以前に海が見せてくれた家族写真もあったのでそれなりの覚悟はしていたが、スマホの画像と、こうして実際に見るのとでは、やはり感じ方が違う。

「……前原君、まずは色々と忙しい年末に足を運んでくれてありがとう。……それと、ウチの娘のこともね」

「い、いえ……こちらこそ海……あ、じゃなくて、」

「いつも呼び合っているようにしてくれて構わないよ。娘だってもう高校生だし、共学校なら仲の良い異性のクラスメイトがいても不思議ではないからね」

すごく礼儀正しい人なのはわかるが、真面目な性格なのか、表情が真顔からまったく変わらない。

俺のことをじっと見たまま、まばたきすらしない。

すごい圧を感じる。

蛇に睨まれた蛙《かえる》状態とでも表現したらいいだろうか。

「もう、アナタったら。そんなに大きな図体《ずうたい》で大真面目な顔してたら、真樹君が怖がっちゃうじゃないの。ほら、もっと表情筋をやわらかく、にっこり笑って。は～いっ」

「っ……こ、こら母さん、お客さんがいる前で何を――」

「あら、いいじゃない別に。多分、真樹君とはこれから長いお付き合いになるんだし。アナタだって、そんなに会う機会もないんだから、今のうちに仲良くしておかないと」

「君の言い分ももっともだが、しかし、こういうのは順序ってものが――」

「海～、この石みたいに頑固なお顔のオジサンをわからせるから、ちょっと手伝って？」

「は～い」

「むっ……、こ、こら、二人ともやめないかっ……！」

「うふふ、ダメよ。海、やるわよ」

「らじゃ」

二人はそう言って、大地さんの顔をマッサージ……というかもみくちゃにし始めた。

大地さんも一応は二人を振り払うような素振りを見せるものの、基本的には朝凪家の女性陣二人にされるがままになっている。

朝凪家が上手《うま》くいっている理由が、なんとなくわかったような。

もしかしたら、俺と海も、傍《はた》から見るとこんな感じに見えているのだろうか。

「前原君……すまん、君からも二人に言ってやって——」

「ダメよあなた。前原君、じゃなくて、真樹君、でしょ？」

「ま、真樹君……頼む……」

三人のやり取りを見て、そこで俺は朝凪家の力関係をきっちりと理解した。

初めて会った時から優しくて話しやすかったので勘違いしていたが、
朝凪家も序列は【１位（空さん）同率２位（海・大地さん）４位（陸さん）】なのだ。

「えっと……空さん、海、あの、大地さんが困っているみたいですし、僕もいつも通りな感じで話しますので、やめていただけると……」

「そう？　じゃあ、海、やめていいよ」

「はいはい」

やれやれといった様子で海が離れて、ようやく大地さんが解放された。

「ご、ごほんっ……真樹君、その、恥ずかしいところを見せてすまない。まあ、ウチはだいたいこんな感じだから」

「ふふ、そうなのよ？　面白いでしょう？」

「そ、そうですね」

とにかく、空さんに気に入られておいてよかった。最初に会った時、お泊りのことをきちんと反省していたのが、空さんの俺に対する印象を良くしていたのだろう。

「お母さん、茶番はそのへんにしておいてそろそろご飯にしよ。私、お腹《なか》すいちゃった」

「そうね。お父さんと真樹君の対面も無事済ませたことだし、そうしましょうか。アナタ、トイレの後、部屋に逃げちゃったお兄ちゃん呼んで」

「ああ、うん」

そういえば、陸さんがトイレに行ってから十分ぐらい経《た》っているが、一向に戻ってくる気配がない。他人の俺がいるので、ここに居づらいのはわかるが。

ということで、大地さんがリビング内にあった電話機のボタンを押した。

「――陸、降りてこい」

『……はい』

静かに一言。陸さんはあっさりと陥落してしまった。

……やっぱり大地さんも怖いと思うのは俺だけだろうか。

数秒後すぐに陸さんがリビングに戻ってきてから、朝凪家＋俺の夕食が始まった。

緊張で喉を通るか心配だったが、ちょうど出来上がった鍋から立ち上る湯気と香りでしっかりと食欲が復活したのだから、人間の体はしっかりしていると思う。

席の方は、スペースの関係で海と空さんがいつも座っているサイドに椅子を用意することに。大地さんも陸さんも体格が大きいので、それはいいのだが、

「――でさ、お母さん」

「ん？　海、どうかした？」

「どうして真樹は『この位置』なの？」

俺はあくまでお邪魔させてもらっている立場なのでテーブルの隅でよかったのだが、気づいた時には空さんと海に挟まれるような形になっていた。

「え？　だって、久しぶりのお客さんなんだから、しっかりとおもてなししてあげないと」

「そ、それは私がやるし――」

「それじゃ私が真樹君に構えないじゃない。海、独り占めはずるいとお母さん思うな～？」

「やっぱりそれが目的か」

この位置になったのは、どうやら空さんの希望だったらしい。

そういえば、前回ここにお邪魔した時は、海が俺と空さんの間に入る形になっていたのを思い出す。

「でもだって、このぐらいの年頃の男の子のお節介を焼くのって、あんまりできなかった

から。陸は反抗期が早かったくせに終わるのは遅いし、今は口を開けば年寄り扱いなんだもの。その点真樹君はとっても礼儀正しいし、それに可愛《かわい》いから、ついつい構いたくなっちゃって」

そう考えると、海が俺のことを気にいるのもわかるような。空さんと海は、性格はともかく見た目はそっくりだし、もしかしたら男性の好みも似通っているのかも。

少なくとも、外見では絶対に判断していない。

「母さん、海」

「ほら、お父さんにも言われちゃったし、もうこのへんにしておきましょ。大丈夫、真樹君への『あーん』はちゃんと海に譲ってあげるから」

「そっ……そんなこと……もう、お母さんのバカっ」

顔を赤くした海がぷりぷりして目の前のお肉にかぶりつくが、しかし、時折、高い食材を優先的に俺の取り皿に分けてくれることは忘れない。俺の性格上、こういう場所ではどうしても遠慮がちになってしまうから、その気遣いがとても嬉しかったり。

「あ、そうだ。ねえ真樹、ご飯食べたら後でゲームしない？　いっつも真樹の家でやってるヤツ、シリーズ最新作買ったから」

「え？　マジで？　やる、やりたい。あのシリーズってソフト高いから、中々手が出なくてさ」

「よし、じゃあ、食後に一勝負ね。……てなわけで、兄貴、部屋使わせてもらうから」

「ゲームは俺のだし、そしてさらっと兄のプライベート空間に踏み込んでくるなよ。友達といる間、俺はどこで過ごせばいいんだ」

「え？　ハロワ？」

「この時間に開いてるかっ！」

「知ってるよ。でも、求人ぐらいならＰＣで探せるでしょ。ねえ、お父さん？」

海が大地さんに話を振った瞬間、陸さんの体がびくんっ、と固まった。

「陸」

「はい」

「月曜日は必ず行ってくるように」

「……了解しました」

一見、空気が張り詰めそうなやり取りでも、不思議と和やかな雰囲気なのは、四人でうまくバランスがとれているからだろう。見た目は厳しくても穏やかな一面も持つ大地さん、いつも笑顔を絶やさない空さん、意外と真面目そうな陸さんに、その三人の様子を見てバランスをとるしっかり者の海。

なんだかんだ、四人とも楽しそうに食卓を囲んでいる。

とてもいいなと思った。気持ちが温かくなった。

だが、それと同時に、とある記憶が俺の脳裏をよぎって――。

「ったくもう。ごめんね、真樹、せっかく来てもらったのに、こんなくだらない話ばっかり聞かせ――」

話が一段落したところで海が俺のほうへ顔を向けると、海の表情が一瞬にして固まった。

「？　海？　なに、どうかした？　俺の顔になにかついてる？」

「いや、ついてるもなにも……真樹、もしかして気づいてないの？」

「え――？」

瞬間、テーブルの上にぽとりと一滴の透明な滴が落ちる。

俺はそこでようやく、自分が涙を流しているのに気づいた。

脳裏には、まだ前原家三人が楽しそうにしていた時の幼い頃の記憶がくっきりと浮かんでいた。

※※

幼い頃の楽しかったときの思い出が、いくつも浮かんでは消えていく。

『おかあさん、きょうのごはんなに？　いいにおい』

『ん～、なんだろう？　真樹、当ててみて？』

『う～ん……ハンバーグ？』

『お、正解。ごほうびに、さっきできたばかりのニンジングラッセあげちゃう』

『ん～、ニンジンやだ～』

『だ～めっ、男の子なんだから、好き嫌いせずにちゃんと食べないと』

『ただいま、二人とも今帰ったぞ』

『あ、おとうさん！　お帰り！』

『おう、ただいま。今日もいい子にしてたか？』

『うん』

『騙《だま》されちゃダメよ、あなた。この子、さっきまでニンジン食べたくないって言ってたんだから』

『お、そうなのか～？　それじゃあいい子とは言えないな～』

『……じゃあ食べる』

『お、偉いぞ真樹、いい子だ』

『ふふ、真樹は本当にお父さんのことが好きなのね。さ、ちょうど出来たから、一緒に食べましょう』

『うんっ』

……この時は、こんな時間がずっと続くと思っていた。

ちょっと口うるさい母さんと、怒ったところを見たことがない優しい父さん。

しかし、そこから数年かけて、その光景を見る機会がゆっくりと減っていく。

『父さん、遅いね』

『ね。今日はちゃんと帰ってくるって言ってたんだけど』

『……母さん、お腹すいたし、先に食べちゃおう。待ってたら、きっと夜中になっちゃうし』

『そうね。せっかく今日は頑張ったのに……』

最初は週に一回だったのが、二回になって、三回になって、そしてついには毎日になって、前原家の食卓から、まずは一人いなくなった。

父さんも初めの内はそのことを謝ってくれたけれど、毎日の帰りが遅くなってからは、それもなくなった。

そこからしばらく二人の食卓が続いたが、俺が成長するにつれて、今度は会話が徐々に少なくなっていった。父さんが会社で昇進していくにつれて転勤の機会が増えて、それに伴っての転校で友達ができず、学校での生活に馴染めず悩んでいた時期だ。

『母さん、あの……』

『なに？　もしかして、学校でなにかあった？』

『いや、別になにも……』

本当は『何もない』ことを悩んでいたが、会話がほぼない重苦しい雰囲気でこんな話をするのはどうにも憚《はばか》られた。

母さんもまた、父さんとのことで悩んでいるのを知っていたから。

食卓には二人いたはずだったが、その時は何か見えない壁で、一人ずつに区切られていたように感じていた。

そして、両親が離婚してからは、

『(母)　仕事で遅くなるから、ご飯は一人で食べてね』

食卓に残っているのは完全に俺一人になって——。

※※

自分が泣いていることを自覚した瞬間、はっきりとわかった。

結局、以前の家族に対して一番未練があったのは、俺だったのだ。

皆で決めた結論に従う？　そんなはずない。

夢の中で、何度も言いたくて、でも結局口から出てくれなかった言葉。


『離婚なんかして欲しくない。仲直りして、また三人で仲良くしていきたい』


父さんのため。

母さんのため。

これからの平穏な生活のため。

両親が離婚してから今まで、そうやって言い訳して自分の中の本音を隠していたに過ぎなかった。

脳裏に浮かぶ、俺がまた見たかった幼い頃の光景――それはもう二度と俺の前には戻ってくれないと改めて思い知った後悔が、きっと俺に涙を流させているのだろう。

海の家族が、羨ましいと思って。

でも、高校生にもなってそんなことを思っているのが情けなくて。

「あの、すいません。俺、なんで……こんなつもりないのに」

だが、涙を流すにしても、なぜこんなにも悪いタイミングなのだろう。すぐさま袖でごしごしと瞼《まぶた》を拭っても、俺の涙腺は一向に言うことを聞かず、逆にさらに勢いを増して泣かせようとしてくる。

「真樹君……」

「あらあら……」

「お、おい……」

突然のことに、大地さんが、空さんが、陸さんが戸惑っている。

まあ、それまでずっと俺も含めて和やかに食事をしていたところでの涙だから、三人にしてみれば意味がわからないだろう。

海は察してくれたようだが、しかし、どう言葉をかけるべきか迷っているようだ。

「真樹、あの、とりあえずハンカチ……」

「あ、ありがと。……ごめん、海。俺、ちょっと外の空気吸って頭冷やしてくる」

「あ、真樹っ……！」

海からハンカチを受け取った後、俺は制止する海の手を振り払って、朝凪家のリビングを飛び出し、靴を履いて外へ。

外は当然のように寒く、風も強く吹いている。

自分でも何をやっているのだろうと思う。このまま家に帰るでもなく、ただ外に出て逃げているだけの、皆を困らせるだけで、なんの意味もない行動。

「ああもう、何やってんだよ俺……せっかく皆優しくしてくれてるのに、勝手に違うところで一人で泣いて困らせてさ……！」

海とこれから恋人になろうっていうのに、きちんとしたところを見せなければならないのに、よりにもよって、その家族の前でいきなりポロポロと涙を流して。

恥ずかしい。

情けない。

格好悪い。

気持ち悪い。

まるで小さな子供だ。

もう高校生にもなって、俺はとんでもない甘ったれだった。

「——真樹っ、待って……！」

「海っ……」

声に振り返ると、薄い部屋着にサンダル姿の海が俺を追いかけてきている。多分、俺と同じく、空さんや大地さんの制止も聞かず、そのまま飛び出してきたのだろう。

「そんな寒い格好……ちょっとしたら戻るから海は家にいろって！」

「うるさいっ、真樹のバカっ！　バカ真樹っ！　大事な友達のそんな顔見て、私が放って
おけるような性格してると思ってんの⁉」

「っ……と、とにかく、今は一人にしてくれっ」

「うるさいっ、いい加減逃げるのやめて、大人しく私に捕まれっ！」

男子と女子といっても、身長はほぼ同じで、運動神経は海が格段に上。ついでにスタミ
ナも上。

どうなるかは、わかりきっていたことだった。

「はあっ……っ、捕まえた」

「う……」

朝凪家から30メートルぐらいのところで、海の手が俺の手首をがっちりと掴《つか》んだ。

引き寄せられた拍子に、俺と海の目が合う。

「……ばか。もう、顔ぐちゃぐちゃじゃない」

「……ごめん」

「いいよ。……ほら、こっちおいで」

「う――」

そう言って、海はそのまま俺を自分の胸に抱き寄せる。

薄着だからか、今まで以上に、海の胸の柔らかさと温かさ、そしてどくどくと早鐘を打

つ心臓の鼓動が伝わってくる。

「……海、恥ずかしいよ。こんな、子供みたいなこと」

「高校生でも、私たちはまだお酒もタバコもできない子供じゃん。なら、別にこんなふうに誰かに甘えたってギリギリ許されるよ、多分」

涙やら鼻水やらでひどいことになっているだろう俺の顔だったが、服が汚れるのも構わず、海は、俺を抱きしめて決して放そうとしない。

海の体からふわりと香るいつもの甘い匂い——それが、動揺した俺の心を少しずつ穏やかにしていく。

「今なら誰もいないから、真樹のことを馬鹿にする人なんて誰もいないから。だから、今は何も考えないで、私にいっぱい甘えていいからね」

「……ごめん」

「そこはありがとう、でしょ？」

「うん……ありがとう、海」

「うん」

そこから、俺は海にすべてを委ねることにした。

急に走ったせいでびっくりしている心臓が落ち着くまで。

訳もわからず涙を流して、ごちゃごちゃになった思考が整理されるまで。

俺はまるで幼い子供のように、海のぬくもりにただただ身を預けた。

落ち着きを取り戻した後、さすがに寒空の下に薄着のままいるのはまずいということで、ひとまず朝凪家に戻ることにした。

心配して出迎えてくれた三人に先ほどのことを謝罪した後、俺は二階にある海の部屋へ。

「真樹、入って。ちょっと散らかってるけど、ここなら二人きりで話せると思うから」

「……お、お邪魔します」

散らかっている、と本人は言っているものの、机の上に勉強道具や化粧品などが少し散らかっているぐらいで、服やら漫画本やらが床に無造作に置かれている俺の部屋なんかよりり格段にマシだった。

そしてやはり、当然のようにとてもいい匂いがする。

こんな時でも、俺はそんなことを考えている。

どうしようもないというか、なんというか。

「真樹、ほら、こっち」

「……うん」

引き寄せられるように、俺は、先程と同じように海の懐へ。

海は『今日だけは遠慮しなくていい』と言ってくれたものの……とりあえず、後で大地さんたちにはまた改めて謝罪しなくては。

しかし、こんなふうに誰かに甘えるのは、いったい何年ぶりのことだろう。少なくとも、おぼろげにしか記憶が残っていないほど昔のはずだ。

「やっぱりお父さんとお母さんのこと、ずっと悩んでたんだね」

「……うん。俺の中では吹っ切れてたはずなんだけど」

母さんとの約束を破ることを心の中で詫《わ》びて、俺は海に全てを打ち明けることに。

離婚する当時の話や、先日の面会日での父さんとのやり取り、それに、その時に新田さんと偶然会った時の話も。

海は、新田さんが話に出てきた時だけ微妙な表情を見せたものの、それ以外は何も言わず、ただ、俺の話を、俺の頭を優しく撫《な》でながら聞いてくれた。

「……そっか。真樹、よく頑張ったね。そういえば、十二月に入ってから色々目まぐるしかったよね。クリスマス、関のアホのこと、テストのこと、来週のパーティの裏方仕事に、今まで知らなかった湊さんの存在、お父さんとお母さんのいざこざ……そんなの、さすがの私ですら訳わかんなくなっちゃう」

「そのうち半分ぐらいは自業自得な気もするけど……」

「そうかもね。でも、そうやって無理したおかげで、真樹がこれ以上我慢しなくて済んだとも言えるよ。もし、ギリギリ許容範囲内だったら、真樹はずっと誰にも言わずに抱え込んだままだったでしょ？」

「……多分」

自分の本当の気持ちに蓋をして気づかないふりをしたまま、どこかもやもやした気持ちを抱えたまま、これから先ずっと過ごしていくのだろう。

そして、新田さんが忠告してくれたように、父さんみたいな、爆発する機会を失ってしまった不発弾のようになる。

まあ、今回はそうならず、こうして海に赤ん坊のように甘えてしまっているのだが。

「とにかく、今だけは何も考えずに私に甘えてな。後のことは、ぐっすり眠って、ご飯食べてお腹《なか》いっぱいになって、ちゃんと元気になってからでいいんだから。最近、あんまり眠れてなかったんでしょ？」

「うん。でも、今ならすぐにでも寝れそうな気がする」

「そう？　じゃあ、今日はもうこのまま朝まで寝ていいよ。お泊りになっちゃうけど、そこは私とお母さんでなんとかするから」

「……うん」

海がそう言ってくれるのなら、今日の俺はそれに甘えるだけだ。

お泊りになってしまう点については、明日、ちゃんと元気と冷静さを取り戻してから、朝凪家の皆に謝罪することにしよう。

望とちょっとだけやった土下座の練習が、何気に役に立ってくれるかもしれない。

……なんて、そんな冗談を考えられるぐらいには余裕が出つつある。

「じゃあ、おやすみ。……ありがとう、海」

「うん、おやすみ。真樹」


――真樹、私はずっと…………からね。

耳元で優しく何かを囁《ささや》かれながら、俺は海の腕の中で深い眠りに落ちていった。


……そのまま、朝を迎えてしまった。

好きな女の子のベッドで。


好きな女の子に抱かれて、幼子のように甘えたまま。


先週から昨日にかけてずっと寝つきの悪い日々を過ごしていたから、こうしてぐっすりと眠れたのは久しぶりだ。

途中で一切起きることなく、気づいたときには朝。

理想的な睡眠で、それについては、まあ、よかったにしても。

しかし、それと引き換えに俺はやらかしてしまったわけで。

「……よっ」

「よ……」

目を覚ますと、すぐ近くに、穏やかに微笑《ほほえ》む海の顔があった。

昨日と同じように、優しい手つきで俺の頭をくしゃくしゃと撫でてくれている。

「海、今って何時？」

「ん？　ん～……８時過ぎぐらい。今日が休みでよかったね。もし学校でも起こすつもりはなかったけど」

「先に起きてたんなら、ベッドから出てもよかったのに」

「そうだけど、動いたら真樹が起きちゃうし。まあ、私が起きたのも一時間ぐらい前だし、真樹の寝顔見てたらあっという間だったから大丈夫」

「それ、本当に大丈夫なの？」

俺の寝顔でそこまで時間泥棒される人なんて初めてかもしれない。

「で、改めて、どうだった？」

「ど、どうって、なにが」

「私の胸で甘えて寝た感想」

「……直球だな」

「えへへ。今なら訊《き》いちゃってもいいかなって。……で？」

「……言わなきゃダメ？」

「どうしても嫌なら言わなくてもいいけど、言ってくれたら私は嬉《うれ》しいかな」

「そっか」

「うん」

もう半日も同じ状態なくせして今さら恥ずかしさがこみ上げてくるが、海が俺の感想を望んでいるのであれば。

「……真樹、顔真っ赤だよ？　今さら？」

「う、うるさいな。昨日はちょっと冷静さを欠いて正常な判断ができなかったから」

「はいはい。じゃ、感想どうぞ」

「……笑ったら、機嫌悪くなるからな」

海の顔から視線をそらして、俺はぼそりと言った。

「や、柔らかくて、」

「て？」

「あたたかくて、」

「うん」

「い、いい匂いがした……というか、いや、」

顔が羞恥でかーっと熱くなる。

海が言って欲しいと希望しているとはいえ、俺はいったい何を口走っているのだろう。

好きな女の子の前で。

……バカだ、俺は。きっとまだ昨日の動揺を引きずっている。

「じゃ、安眠にはばっちりだったわけだ。なら、貸してあげた甲斐《かい》があったよ」

「……からかわないんだな」

「からかってほしいなら、一週間ぐらいはことあるごとにいじってあげるけど？」

「や、やめて」

エッチだのなんだの言われるかと思ったが、昨日の夜から海はずっと優しい。

というか、優しすぎる。

場合によっては、軽蔑されたり愛想をつかされても仕方がないような醜態を晒《さら》しているのに、そうするたびに、海は俺を抱きしめて、頭を撫で、慰めてくれる。

「……海、それはやり過ぎだよ。俺なんか、海にそこまでやってもらうほど何もしてやれてないのに」

「そんなことない。真樹は、私に沢山のことしてくれた」

海は俺の言葉にすぐに首を振って、続ける。

「真樹は気づいてないかもしれないけど、友達になってから今まで、私は何度も何度も真樹の優しさに救われてるんだよ？　私が夕との関係で悩んでた時、真樹がずっと側《そば》にいてくれたから、私は夕と仲直りする勇気を持てた。独りぼっちにならずに済んだ。真樹がそうしてくれたから、私も同じようにした……それだけなんだよ」

つまり、海の中では貸し借り無しになるが、それにしても、まだ一応は『友達』でしかない男にここまでするのは、さすがにやり過ぎというか。

「……お互い、力加減が苦手だな。不器用だ」

「ふふ、だね。私も真樹も、お互いに対しては常に全力で甘えさせていくスタイルだから」

俺が海に１優しくしたら、海はそれを２にして返し、そして俺がそれを３で返して——そして、一生貸し借りがイーブンになることはないのだろう。

だが、俺たちはそれでいいのかもしれない。

だって、俺たちはとっくに、ただの『友達』ではなくなっているのだから。

「……海、まだ追加で甘えてもいいかな？　時間ある？」

「んふふ。もう、真樹ったらしょうがないんだから。……まあ、ちゃんと感想も言ってくれたわけだし、お礼にあと一つだけ聞いてあげる。で、なに？」

「……キス、のことなんだけど」

二人きりの甘い雰囲気の後押しもあって、俺は意を決して切り出す。

今度は、海の頰《ほお》が赤く染まる番だった。

「なあ海、先月、告白の返事をした朝のこと、覚えてる？　頬にキスしてくれた時の」

「うん。あれは、その……正直私も忘れられないぐらいハズかったし」

昼のほうはちゃんと恋人になってから……あの時、海はそう言った。

本来の予定だと、この話はイブの日にするつもりだった。今度は俺のほうからちゃんと告白して、海と、本当の『恋人』同士になる。

だが、こうなった今、タイミングはここだろうと思った。

俺のためにここまでしてくれた海に感謝を返したい。

もっともっと仲良くなりたい。

そのためにも、ここからもう一歩踏み出さなければ。

「海……朝起きて、いきなりでごめん。だけど、俺、今したいんだ」

「……だよね。なんか、そういう顔してるもん。昨日は小動物みたいだったのに、今はギラギラしてる」

「そ、そうかな？　だとしたら、ごめん」

「ん～ん。私こそ、今までのらりくらりしててごめんなさい。……昨日と今日で、私も決心ついたから。もう、いつでも大丈夫」

「……ありがとう、海」

「へへ……じゃ、じゃあ、その前にまずは起きよっか」

「だな」

密着状態からいったん離れて、俺と海はベッドの上に正座で向かい合った。

「海」

「ん……」

俺の呼びかけに応じた海が、そのまま静かに目を閉じて、俺の方へちょんと唇を突き出してきた。

後は、俺が近づいて、そこに唇を合わせるだけだ。

「じ、じゃあ、いくよ」

「う、うんっ……」

両手を海の肩に添えて、俺は、頬を真っ赤に染めた海の顔へ、自分の顔をゆっくりと近づけていく。

起きた時は落ち着いていた心臓の鼓動が、今はもううるさいぐらいに耳の奥で暴れている。

変なところにしないよう、しっかりと海の小さな唇を見て。

「海、俺、お前のこと――」

「ん――」

互いの息遣いを唇で感じつつ、俺と海はそのまま――。

「――海、真樹クン？　二人とも朝から何してるのかしら？」

「っっっ…………!?」

と、唇に触れたか触れないかの寸前で、空さんの声が俺たち二人の耳に届いた。

そのままギギギギ、と首を朝凪家の主《あるじ》のほうへと向けると、そこには、エプロン姿の空さんが笑顔で仁王立ちしていた。

「そ、空さん……」

「か、母さん……!?　ちょ、ドア……ノ、の、ノック……」

「え？　ノックしたかって？　もちろんしたわよ？　朝ご飯出来たし、もういい時間だから起こさなきゃって。何度も」

どうやら海も俺も目の前のことに意識を取られ過ぎて、ノックの音をまったく聞き取れなかったらしい。

で、不審に思って中の様子を覗《のぞ》いてみれば、自分の娘と、その友達（男子）が、朝っぱらから事に及ぼうとしていたと。

「……海、真樹君？」

「……は、はい」

「朝ご飯食べたら、お話、しましょうね？」

「……はい」

どうやらもうちょっとだけ、俺たちのキスはおあずけのようである。

リビングに降りた俺と海は、お説教の前に朝ご飯をいただくことに。

昨日のゴタゴタで余ってしまった食材を使った味噌汁《みそしる》がメインで、それからあとは白いご飯に、玉子焼き。朝凪家の玉子焼きは大地さんの好みの影響か、ウチのものよりしょっぱく味が濃いので、白いご飯のお供により特化している。

「真樹くん、昨日はあんまり食べられなかったんだから、元気のある今日はいっぱい食べられるわよね？　それと、海も」

「は、はい。いただきます」

「う、うん」

空さんに言われた通り、俺も海ももくもくと食べ進め、最後のデザートである果物盛り合わせまでしっかりと胃袋におさめた。もちろん全部美味《おい》しかった。

終わった後、俺たちは空さんからやんわりと叱られた。

主に怒られたのは海だったが、どうやら昨日俺と一緒に寝る時に『あくまで一緒に寝るだけで、それ以外のことはしない』という条件で、空さんが大地さんを説得し、それから俺の母さんにも連絡して許可をとったそうだ。

そのはずだったのに、朝起こしに行こうとしたら――ということで。

「海、そんなことなら先に言ってくれても良かったのに」

「いや～、ちょっとこう『ちゅっ』とやるぐらいならバレないかなって。……それに、その、私も……真樹と……ね？」

「そ、そっか」

「う、うん」

「二人とも～？」

「「申し訳ありません」」

リビングの隣にある和室に正座させられた俺たちは、同じ体勢で座る対面の空さんへと頭を下げた。

いつものニコニコ顔だが、やはり怒ってはいるらしく、目は据わったまま。

まあ、怖い。

「はい、よろしい。……あ、私は別にキスしちゃダメって言ってるわけじゃないのよ。ちゃんと時と場合を弁《わきま》えてくれれば」

「ですよね。そうじゃないと、その……エスカレートしてしまうかも、というかキスだけで終わらず、勢いのまま突き進んでしまうかもしれないわけで。

「ふふ、そうよ。じゃないと、私たちの時みたいにとっても面倒なことに――」

「？『私たち』って……母さん、それ、どういうこと？」

海の目が、目の前の空さんと、リビングでくつろいでいる大地さんに行く。

「もしかしてお母さんも、そういう時代が……」

「……まあ、ね」

空さんが頬をほんのりと染めて続ける。

向けた視線の先にいるのは、もちろん大地さん。

「えっと……そうそう、あれはちょうど高校三年の時だったかしら、私の実家にお父さんが遊びに来てた時、ちょうど両親がいないからって――」

「――母さん、流れ弾がこっちに来ている気がするんだが」

「あらそう？　気のせいじゃない？」

空さんの誤魔化《ごまか》しはともかく、朝凪家夫婦は今回と似たようなシチュエーションでやらかしの過去があるようだ。

そういえば、四十代前半～半ばという二人の年齢に対して、陸さんの年齢は二十五歳……そこはかとなく、何があったか想像がつくような、つかないような。

「とにかく、私が言いたいことはこれだけよ。真樹君に対しては『場所をちゃんと選ぶ』こと。海には『約束はちゃんと守りなさい』ってことと、後は、『雰囲気に流され過ぎないようにする』こと、『やんちゃはあまりしない』こと、『高三になったらちゃんと受験に集中する』こと、『いい加減お料理を覚える』こと、それから『私が元気な間に――」

「いやいや、私だけ要求が多すぎるから。しかも三つ目以降今じゃなくていいし」

だが、それだけ空さんが俺たちのことを気にかけてくれている証拠だ。

これからのことを考えると、空さんとはこれからも良好な関係を築いておかなければならないので、海に代わって肝に銘じておく。

これで空さんのお話が終わり。で、ようやくひと息つけるかな、と安堵《あんど》の息を漏らそうとしたところで、

「――真樹君、ちょっと二人で話そうか」

「ひゅっ――」

安堵の息が、そのまま引っ込んでしまった。

「そう怖がらなくてもいい。ちょっとした世間話のようなものだから」

「じ、実は『世間話』という名の拳だったりは……」

「ないよ。まあ、希望するというのならしてあげても」

「普通でお願いします」

俺は大地さんに連れられて、朝凪家の庭へ。海のほうは、追加で話したいことを思い出したということで、引き続き空さんのほうへ。

少しだけ冷たい風が吹く中、二人で軒下に腰かけると、大地さんが口を開いた。

「昨日の夜、妻と娘から少し話を聞かせてもらったよ」

「……昨日のことは、その、本当にすいませんでした。取り乱してしまって」

「構わないよ。私たちのような大人でさえ精神的に参るような話なのに、高校生とはいえまだ子供の、しかも君のような繊細で優しい子が一人でぐっとこらえるのは大変だったはずだ。……よく頑張ったな、真樹君」

「っ……はい」

大地さんの大きくごつごつした手が俺の頭に置かれた。大地さんなりの優しさが胸にじんわりと伝わって泣きそうになるが、ここはあまり情けない姿を見せないよう、唇を嚙《か》んでぐっとこらえる。

あまり勝手なことを言える立場にはないが、と前置きして、大地さんが言う。

「とはいえ、ちょっと頑張り過ぎたかなと思う。離婚に関して、君が両親のことを平等に慮《おもんぱか》るのは悪くないが、だからと言って、自分の気持ちに完全に蓋をするのは良くない。我慢し過ぎればいつしか心はパンクしてしまう。今の君ならわかってくれるはずだ」

「……はい」

そのいい例が、昨日の俺の涙だった。海がすぐそばで寄り添ってくれたおかげで最悪のパターンは免れたが、もし海がいなければ抜け殻のようになっていたかもしれない。

「あの……でも、もし仮に俺がわがままを言ったとしても、父さんと母さんがそれで仲直りするわけじゃない、ですよね？　今さら無駄なことで泣いて喚《わめ》いて、父さんと母さんを困らせるぐらいなら……」

「そうだね。真樹君の言う通り、何も変わらない。子供の一言でよりを戻せるのなんて、ちょっとした夫婦喧嘩《げんか》ぐらいのものだ。その段階をとうに過ぎているから離婚なわけだから」

「それじゃあ、やっぱり何の意味も」

「いや、意味ならある」

「え？」

「泣いて喚いてわがままを言えば、少なくとも君の気持ちはスッキリする」

「あ――」

大地さんの言葉が、妙に腑《ふ》に落ちた。

自分の行動で他人を変えることは難しいが、自分が行動することで、自分だけは確実に変わることができる。

大地さんはきっとそういうことを言いたいのだろう。

「よく『人の気持ちを考えろ』と言われるし、それはそれで悪くない考えだが、何事も度が過ぎるのは良くない。結局、自分の身を助けられるのは自分しかあり得ないわけだから、もっと自分の心に素直になって行動していいんだよ」

「……でも、その考えだと、大地さんの職場とか大変ですよね？」

「まあ、そうだね。民間の企業ならともかく、ウチはわがままなんて絶対に駄目な職場だから。そこは場合によりけりとしか言えない」

「確かに……大人って、面倒ですね」

「ああ、そうだよ。社会っていうのは面倒な世界だ。そして、そんな面倒や理不尽なんか、高校や大学を卒業した後で十分だ」

だから、今の俺はもっとわがままになってもいい。

大地さんの言葉が、弱りかけた俺の心に勇気を与えてくれる。

「私からの話は、こんなところかな。他人様《ひとさま》の家庭のことをあれこれ言って、色々と説教臭くなってしまったけど、真樹君とはこれからも良好な関係を築きたいと思っている。そうすれば、私も色々と楽になるからね。正直、この歳で妻と娘の遊び相手をするのはキツい」

「……それ、わかります」

これは多分、俺と大地さん二人にしかわからないだろう。

海も空さんも、それぐらいパワフルな人なのだ。

「かなりわがままでやんちゃな娘だが……真樹君、海とこれからも仲良くしてやってくれ」

「はい。こちらこそ、今後ともよろしくお願いします」

俺と大地さんは、こっそりと固く握手を交わした。

昨日の夜から今日にかけて、突然の涙あり、海の部屋でのお泊りあり、その後のキス未遂やお説教ありとなかなか充実しすぎの朝凪家再訪問だったが、朝凪家の人たちの優しさに触れることができたおかげで、なんとか俺は元気を取り戻すことができた。

大地さん、空さん、そして海に何度も何度もお礼を言って（陸さんは寝ていたので伝言を頼んだ）、俺はすっきりとした気持ちで自宅へと戻った。

「ただいま」

先ほど母さんから『ちょっと買い物に行ってきます』とメッセージがあったので、家に誰もいないことは知っていたが、なんとなく言いたい気分だった。

仕事を休んでいるせいか、母さんのタバコの本数が明らかに多くなっている。

一応俺に気を遣っているようだが、煙の匂いよりも、どちらかというとゴミ箱に捨てられている沢山の黄色い空き箱の多さが、俺には気になった。

「母さん、アルバム見てたのか……」

灰皿の横に、この前俺たちが見ていたアルバムが、あるページで開かれたまま放置されている。

そこに写っていたのは、俺たち家族三人。

「……懐かしいな、これ」

おそらく俺が小学校に上がる直前の頃のクリスマスだろう。

小さなクリスマスツリーをバックに、父さんと母さんの二人に肩を抱かれながら、クリスマスプレゼントの箱を両手で大事そうに抱えた俺が、満面の笑顔でピースサインをつくっている。

俺にも、昔はこんな時代があって。

そして多分、俺の心は、この時の、こんな幸せがずっとずっと続くと信じて疑わなかった少年のまま、一歩も進めずに止まっている。

それは多分、父さんや母さんも。

これ以降、真っ白なページがずっと続いている、この古いアルバムのように。

「やっぱりいいな、この写真……」

保管状態が良くなかったせいか、すでに色あせてしまった当時の風景を手でなぞりながら、俺は一人、ぼそりと呟《つぶや》く。

「戻りたい、な……」

気づくと、また瞳から涙が零《こぼ》れ落ちている。

……できることなら、またこんな幸せな時が過ごしたい。

学校から帰ってきたら母さんが晩ご飯を作っていて、今日のメニューのことや、学校であったことを話しているうち、父さんが帰ってきて、それで三人一緒に食卓を囲む生活を。

だが、それはもういくら頑張って手を伸ばしたところで、決して戻ってこない。

父さんと母さんが離婚して、もうすぐ一年。たった一年だが、互いの気持ちが離れるには十分な年月だと言える。

父さんにはすでに新しい女の人がいて、俺と母さんは少しずつ今の生活に馴染《なじ》みつつあって。

だから、今さら言ってももう遅いのだ。

時計の針は戻せても、一緒に過ごした時間は戻ってこない。

だから、もう子供みたいなわがままを言うな、過ぎたことは忘れろ――。

そういう考えもわかる。

しかし、その瞬間、大地さんによって授けられた言葉が耳によみがえってきて。

――もっと自分の心に素直になって行動していいんだよ。

「うん、そうだ。俺は、もっとわがままでいいんだ」

今さらわがままを言っても、昔には戻れない。それはわかっている。

しかし、そうすることで、自分自身の心に踏ん切りをつけることができるのなら。

幼い頃のまま止まってしまった自分の心に新しい一歩を踏み出させるためには。

「……うん、決めた」

頰《ほお》を濡《ぬ》らしていたものを袖でぐいっと拭い、俺はアルバムを閉じる。

もうすぐ、クリスマスイブ。

両親が離婚して、ちょうど一年になるその日を一つの区切りにして、俺は、俺のことを大事にしてくれる人たちと一緒に、新しい一歩を踏み出すのだ。

俺はすぐにスマホを手に取って、友達にメッセージを飛ばすことにした。


『――お願いがあるんだけど』

4. 最後のわがまま

12月24日、クリスマスイブ。

二学期の終業式を無事に終え、いよいよ冬休みを迎える。

休みの期間は年末年始の二週間と少し。夏休みと較《くら》べてしまうと少ないものの、イベントごとは目白押しだ。

家でゆっくり過ごす、もしくは旅行、仲の良い友達とカウントダウンイベントへ——などなど、帰り際の昇降口は明るい雰囲気で包まれている。

もちろん、俺はずっと家でだらだらと寝正月だ。最近の学校は嫌いではないが、家のコタツで猫のように丸くなって一日中過ごすという魅力には抗《あらが》えない。

本来ならすぐに家に帰って暖かいコタツにイン……といきたいところだが、俺にはまだ校内での仕事が残っている。

ということで、俺、海《うみ》、天海《あまみ》さん、望《のぞむ》の四人は、生徒会室にいた。

今日行われるクリスマスパーティのためだ。

「――さて、今日はいよいよ私たち生徒会が企画したパーティの当日。他校との連携、会場対応や残りの設営と、時間までやることはたくさん残っているけど、あともうちょっとだけ頑張りましょうね」

ウチの高校のスタッフは、元々の生徒会メンバー数人と、そして各委員会からのお手伝いなど含めて二十人以上と思っていたより多い。

あと、その中に占める男子の割合も。

原因はもちろん、今回の参加校に含まれているあの女子校。

「……お嬢様校ってだけで、可愛《かわい》い子の割合が多いとは思わないけど……ねえ、夕《ゆう》？」

「う〜ん、家が裕福な子は多いかもだけど。でも、高等部のことは私たちも知らないし

……高等部の生徒会って、どんな人たちがいるんだろ？　それはそれで楽しみ！」

貴重な元在校生二人の何気ない会話に、その場の何人かの男子生徒たちの動きが固まる。

下心もあるだろうが、こういうイベントがないと、他校の、しかも女子校の生徒との出会いの場はないから、そこに一縷《いちる》の望みを託すのは悪いこととは思わない。

それに、そのおかげで裏方の生徒を集めることもできたわけで。

お近づきになれる確率はゼロではない。……限りなくゼロに近いだろうけど。

「テーブル番号が入った会場の見取り図や、細かいタイムスケジュールなどは、さっき渡した用紙を見てください。後、もし会場で困ったことがあれば、必ず私や他校の生徒会長

など、近くにいる責任者に確認をとるように」

俺たち四人は、会長の補佐ということで、会場受付からイベントの司会進行まで、一通り全てに携わることになる。

イベントは、午後6時〜8時までのおよそ二時間。忙しくなりそうだ。

開場の一時間前に集合することを確認して、俺たちはいったん帰宅することに。

俺はこのまま制服で参加するので、海や天海さんと違って、特にパーティのための準備があるわけではない。

……もちろん、別のことはやるわけだが。

「会長、ちょっといいですか？　お願い、というか……ちょっとありまして」

生徒会室から人がはけ、会長が一人になったタイミングで、俺は声をかけた。

「前原《まえはら》君、どうかした？」

「あの……実は仕事の途中、ほんの少し会場を抜けさせてほしいんです」

瞬間、生徒会長の眉がぴくりと動く。

当日、このタイミングになってからのお願いなので、迷惑をかけているのは百も承知だ。

「ふむ……もしかして、急な用事でも？」

「そんな感じです。時間的には十五……いや、もしそれでも長いというなら十分ぐらいで済まそうとは思ってるんですが」

「ちなみに予定をずらすことは？」

「……すいません、今日、パーティ中の時間でないとダメなんです」

これは相手側の都合もあるが、こちら側の都合というのも大きい。

12月24日──俺にとっては色々と縁のある、この日でなければ。

「……わかった。じゃあ、その時間は休憩ってことにするから、その時は私に声をかけて」

「ありがとうございます」

「ちなみに、休憩は四人で？」

「いえ、俺と朝凪《あさなぎ》の二人だけです」

天海さんと望にも事前に話をしているが、あまり大勢で行くと会長にも迷惑だろうということで、海だけについてきてもらうことに。

最後まで俺のわがままに付き合ってくれる海には、もう、本当に感謝しかない。

「そう。じゃあ望、今日は一日私の仕事に付き合ってもらうからね。あなたは休憩無し」

「うげ……真樹《まき》のためだからやるけど、イブに姉とべったりとか……」

「あら？　こんなに綺麗でかわいいお姉ちゃんと一緒なんだから喜びなさいよ」

「はあ？　ウチにそんな人いたっけかなあ……勉強やれ宿題やれ言う鬼ババアみたいのはいた気が──おごっ！」

「望、アンタはもうちょっとここでお姉ちゃんと居残り。……ごめんね、三人とも。ここからは『家のお話』があるから、先に帰っててくれる？」

「ま、真樹ぃ……た、たすけ……」

生徒会長にヘッドロックをきめられる望に手を合わせて、俺たち三人はそそくさと生徒会室を後にする。

途中、遠くから悲鳴のような声が聞こえてきたような……望とは、きちんと生きて再集合できることをお祈りしておこう。

「ねえ海、この後どうする？」

「ん～、いったん帰ってお昼食べて、それから夕の家に行こうかな。今日はそんなに気合入れるつもりないけど……まあ、一応ね」

「え？　一応？　真樹君もパーティに参加できるのがわかってから、海ってばめちゃくちゃ焦ってた気がす——にぎゃっ⁉」

すかさず海のアイアンクローが、天海さんの頭部へ。

「何言ってるのかな、この『今回のテストで一教科ギリ赤点出しやがって補習は先生のお情けでレポート提出のみで済ませたもらった』お嬢様は」

「ふえ～ん、海が教えてくれたのにごめんなさい～！」

期末テストはそんな感じだったが、俺が中心になって教えた文系科目などで平均点を稼いだため、平均で赤点のような惨憺《さんたん》たる結果にはならなかった。

なので、それはまた学年末に頑張ればいい。

こういうのなら、いつでも取り返しができるのだから。

「……海、その、今日はそっちも楽しみにしてるから。一応」

「ふ～ん？　ま、まあ真樹がそう言うんだったら、多少は気合入れなくもない……けど」

俺のわがままで追加でやることが出来てしまったが、『告白』という本来の目的は忘れていない。

そして、すっきりとした気持ちで、海や、大事な友達と新しい年を迎えるのだ。

「……じゃあ、私と夕は先に家に帰ってるけど……真樹、本当に一人で大丈夫？」

「うん。海は本番の時だけ、側《そば》にいてくれればいいから」

昇降口を出る前に、俺と海は互いの手を取り合った。

これから俺がやろうとしていることは、はっきり言って褒められたものではない。無駄になることは当然わかっているし、周りの人たちにとって迷惑にしかならないことも。

それでも、これまでずっと蓋をしてきた本心と折り合いをつけるために、絶対に必要なことだと思うから。

「……真樹君、お客さん、もう来てるみたいだよ」

「うん、わかった。天海さん、海……それじゃあ、会場で」

二人を先に帰らせてから、俺は、少し遅れて待ち人のいる校門の前へ。

こうして二人きりで話すのは初めてだが、この人のことを先に処理しておかなければ。

「すいません、こんな場所にまで呼び出してしまって。……湊《みなと》さん」

「……いいえ。ちょうど私からも真樹君に話したいことがありましたから」

こうして、俺にとってはこれまでで最も長いクリスマスイブの一日が始まる。


先日、偶然会った時に何気なくもらった湊さんの名刺が、まさかこんな場面で役に立つことになるとは思わなかった。

湊さんもまさか俺から電話がくるとは思わなかったようで、朝、終業式が始まる前に電話を入れた時、とても驚いていた。

「えっと……ここでは寒いですし、いったん場所を変えましょうか？」

「いいえ、お構いなく。すぐに会社に戻らなければなりませんし、ここのほうが逆に人目につきにくそうですから。……歩きながら話しましょう」

そう言って踵《きびす》を返して歩き始める湊さんに俺は続く。

「湊さん、今は眼鏡をかけているんですね」

「……今の私は湊京香《きようか》『個人』として話をしに来ましたから。まあ、これ伊達《だて》なんですけど」

ウチの高校から一番近い駅までは、徒歩でおよそ十～十五分ほど。それほど時間もないので、無駄話はこの辺にして、本題を切り出すとしよう。

湊さんからの話というのも、一応は気になるし。

「ちなみに、父さんの様子はどうでした？」

「外せない用事が入ったとかで、さすがに少し慌てていました。……とはいえ、息子さんから『今後のことで大事な相談がある』と言われればそうもなるでしょう」

湊さんに電話をする前、俺は父さんのほうにも電話をかけていた。

もちろん、最初のうちは仕事が忙しいからと断られてしまったが、

『高校卒業後、大学進学後の生活に都合がいいので、父さんの家を生活の拠点にできないかと考えているが、母さんとのこともあって迷っている』

と話すと、必ず時間を作ると言ってくれたのだ。

ファミレスでの父さんの様子やこれまでに聞いた話や情報から推測し、父さんは俺との生活にまだこだわっている可能性があると思い、話を切り出してみたのだが。

申し訳ないが、これはもちろん、父さんを呼び出すための方便だ。

待ち合わせ場所は、本日開かれるクリスマスパーティの会場。

もちろん、同じ時間に母さんにも来てもらうようにお願いしている。

そして、父さんと母さんは、どちらも相手が同じ場所に来ることをまだ知らない。

知っているのは当事者である俺と、そして、作戦を一緒になって考えてくれた海や、天

海さん、望といった友達だけだ。

「最初に会った時は大人しく気の弱そうな子だと思いましたが……まさか、こんなことをやるような子だったとは」

「普段は大体そうですよ。でも、今回だけは大人の皆を自分のわがままで振り回してやろうと思いまして」

父さんを会場に呼び出すにあたって邪魔になってくるのが、おそらく直前まで仕事で一緒に行動しているであろう湊さん。

なので、父さんに連絡を入れ、いつもと様子の違う上司の様子を、一緒の職場にいるだろう湊さんに見せてから（そのための十分な時間をとったのち）、湊さんにも連絡を取って、その件で話をしたいからと呼び出したのだ。

「でも、一度しか会ってないのに、よく話に応じてくれる気になりましたね。湊さんにとっては、俺なんか赤の他人みたいなものなのに」

「……好きな人の様子がおかしいのですから、心配するのが当然です。そして、できることなら力になってあげたい」

「……父さんのこと、本当に好きなんですね」

「ええ……新人時代、同期の誰よりも出来の悪かった私を見捨てず、根気よく育ててくださった恩人ですから。人として、異性として、とても素敵な方だと思っています」

やはり、俺と海が感じていた通り、この人の父さんに対する気持ちは本物だ。

湊さんなら絶対に父さんのあとをつけてくる――俺と海はそう思ったからこそ、余計な邪魔が入らないよう、予《あらかじ》め湊さんと話をつけようと考えた。

そして、湊さんがこの話に乗ってきた時点で、湊さんの話したいこともなんとなく想像ができる。

「単刀直入にお願いします……真樹君、高校卒業後で構いませんので、樹《いつき》さんのところに戻ってきてはもらえませんか？」

そう言って、湊さんが俺に深々と頭を下げる。

「……なぜですか？」

「あの人には、真樹君が必要だからです。……私じゃなく、息子であるあなたが」

やはり、湊さんも父さんの気持ちに薄々は勘付いていたようだ。

ファミレスでのはっきりしない態度から疑念を持っていたが、おそらく父さんは湊さんのことをそこまで好きではないのかも……いや、好意はもっているかもしれないが、それでも新しいパートナーにするかは迷っているような、そんな気がしていた。

俺でそう感じたのだから、今、もっとも『前原樹』のことを近くで見ている湊さんなら、余計にそう感じているはず。

「……樹さん、真樹君のことを話すときは本当に嬉しそうなんです。ちょっと人見知りなところはあるけど、頭が良くて、優しくて、自慢の息子なんだって。……私と一緒にいる時には絶対見せないようないい顔で笑って」

「……そんなの、逆に俺が邪魔だとは思わないんですか？　そうやって俺が父さんの心の中に居座ってたら、いつまで経《た》っても父さんはあなたに振り向いてはくれないのに」

そして、もし、本当に俺が父さんのもとで一緒に暮らすことになれば、湊さんは、父さんにとって『ただの部下』に戻ってしまうかもしれないのに。

「……本当はわかっているんです。多分、私みたいなお子様じゃ、どれだけ頑張っても、樹さんの寂しさを、ほんの少しだって埋めることすらできやしないって」

「湊さんはそれでいいんですか？　湊さんは……俺の父さんが、前原樹のことが好きなんでしょう？」

「もちろんです。あの人のことが好きだからこそ、こうして私はお願いをしに来ました」

気づけばちらちらと雪の降る寒空の下、湊さんはもう一度深々と頭を下げて言う。

「お願いです、真樹君。樹さんの家に戻ってきてください」

そう、淀《よど》みなく、はっきりと。

「……湊さん、あなた今、どれだけ勝手なことを言っているかわかってますか？　そんなの、俺がやろうとしていることの比じゃありませんよ」

そんなの、大の大人が言っていいことじゃない。

「わかっています。嘘《うそ》をついて仕事を抜け出して、上司である樹さんの許可も取らず、そしておそらくは真咲《まさき》さん……あなたのお母さんにさえ迷惑をかけて。

罰も受けますし、私のことが目障りだというのなら、今後一切あなたの前にも姿を現しません」

「じゃあ、父さんの前にも？」

「はい。今の仕事も辞めます。……でも、それで少しでも樹さんのためになるのなら」

まっすぐに俺を見る湊さんの瞳に一切の揺らぎはない。

言っていることの是非はともかく、この人はそれだけ本気になって俺のことを父さんのもとへ送り届けようとしている。

湊さんだって決して馬鹿ではない。あまり冗談を言わない父さんが『優秀』だと評するぐらいだから、きっと、いつもならきちんとした判断ができるのだろう。

だが、その判断がまともにできなくなってしまうほど、湊さんは父さんのことが好きになって……いや、それ以上に、愛してしまったのだ。

大人ですらこうなってしまう『好き』という感情。

……やっぱり面倒すぎる。

「……とにかく、湊さんの気持ちはよくわかりました。わかっただけ、ですけど」

「やはり、無理ですよね」

「当たり前でしょう。そんな泣き落としが通じるような素直な人間なんかに育ってないですからね、俺は」

だが、まったく気持ちが理解できないわけでもない。

俺だって、もし異なる状況で海が苦しんでいたら、たとえ無謀なことであっても行動を起こしていただろうから。

「……湊さん、この後、時間作れますか？　いえ、やっぱり作れるじゃなくて作ってください。じゃなきゃ許しません」

「え？　ええ、なんとかやってみますが……真樹君、あなた、一体何を？」

「別に……ちょっとしたお節介ですよ」

もう少しすんなり話をつける予定だったが、こうなってしまっては仕方がない。どうせこれで最後なのだ。俺でやれることは全部やってやろう。

だが、とりあえず、まずは海に怒られるところから。

湊さんとの話をつけた後、俺はパーティの行われる市民ホールへと向かう。

昼頃から降り始めた雪は、俺が自宅で時間をつぶしている間も断続的に降り続け、会場周辺はうっすらと白い雪化粧で覆われている。

天気予報だと、夜になって気温がさらに冷え込むとともに勢いを増すそうだ。

「ホワイトクリスマスなんて、今まではただ雪が降ってて、寒いし道路は滑るしで迷惑でしかないと思ったけど……」

今日は一日雪雲が空を覆っていることもあって、夕方にも拘《かか》わらず街中は暗く、いつもより早く、煌々《こうこう》とした光が道路を照らしている。

街路灯の橙《だいだい》の光と、建物に飾り付けられた色とりどりの光、その二つを、空から降るボタン雪が反射する様子は、まさしくクリスマスを象徴するような光景となっていた。

今までは足元ばかりを気にしがちな俺だったが、こうしてぼーっと上を見上げるのもそこまで悪くない……と思った矢先、

「⁉　わっ、とと——」

滑りやすいところを踏んでしまったのか、予想外に足が前方へと持っていかれてしまった。

このままでは尻餅をついてしまう……咄嗟《とっさ》に俺がポケットから手を出した瞬間、

「おっと、それじゃ手を捻《ひね》って余計に危ないよ」

そう言って、後ろに倒れそうになっていた俺の背中を受け止めてくれる人が。

「あ、すいません。ちょっとぼーっとしちゃって」

「この辺は人通りが多いからね。こういう日は積もった雪が踏み固められて氷状態になるから気を付けないと。ね、前原君？」

「！　会長でしたか……す、すいません」

俺のことを後ろから抱き留めてくれたのは、俺と同じく会場へと向かっていた生徒会長だった。

見ず知らずの人に助けられるのも恥ずかしいが、顔見知りの人に助けられるのはもっと恥ずかしい。

しかも、望のお姉さんでもあるので、微妙に気を遣わなければならないのもマイナスだ。

寒いはずなのに、頬《ほお》が熱を帯びていくのを感じる。

「と、ところで会長、早くありませんか？　まだスタッフの集合時間までは三十分以上あるのに」

「会場の設営はすでに始まっているから、お手伝いはしないとね。でも、そういう前原君こそ早すぎじゃない？」

「そうなんですけど……こういう行事に参加するのって、俺初めてで……だから、ちょっと落ち着かないというか」

「そう？　じゃあ、ついでと言ってはなんだけど、私と一緒に会場の設営を手伝ってくれないかしら？　早めに会場入りして雰囲気になれておけば、多少は肩の力が抜けるかも」

「ですね。せっかくですし、そうさせてもらいます」

もちろん、緊張の原因はパーティ以外のところにあるわけだが。

裏方仕事のほうは、会長の指示通りに動けば問題ないし、海たちも協力してくれるので心配はしていない。

皆とは現地集合の予定で、クリスマス用におめかしした海や天海さんと会うお楽しみは、まだもう少しだけ先だ。

一足先に会場入りした俺は、会長とともに受付の準備を進めることに。

会長によると、参加人数は二百人〜三百人程度とのこと。

受付時の混乱をできるだけ避けるため、参加する学校ごとに受付をするそうだ。

「あ、そうだ。前原君、これまだ渡してなかったよね？　はい」

「スタッフの腕章ですね。後、これは……」

赤い布地で、先端に白いふわふわの毛玉のついた帽子。

申し訳程度のサンタコスというわけだ。

「腕章だけだと、この人数だとわかりづらいから。三つ渡しておくから、朝凪さんや天海さん、それからまあ、弟が来たら持たせてあげて」

「わかりました」

ほんのりとチープな雰囲気の漂うサンタ帽子だが、これならすぐに会長を見つけることもできるだろう。会長は他の女子生徒よりも頭一つ分身長が高いし、目立つ容姿をしているのでわかりやすい。

「ところで前原君、一ついい？」

「？　はい」

「私のことを『会長』って呼ぶの、できれば遠慮してくれると嬉《うれ》しいかな。もちろん今の私は生徒会長だから間違ってはいないんだけど、来年になれば引退しちゃうわけだから」

名前呼びが『会長』で定着してしまうと、会長職でなくなっても、なかなか呼び方を変えづらいところはある。呼ばれる本人としては、やっぱり複雑か。

「えっと……じゃあ、智緒《ともお》先輩……とか？」

「そう、そんな感じ。……ふふ、でも、いきなり名前呼びなんて、前原君も意外と大胆じゃないかな？」

「え？　あ、ああ、名字呼びだとなんかしっくりこないかなって思いまして……望もいますし」

「あ、そういえばそうね。あの子のこと、すっかり忘れてたわ」

「弟の扱いひどくないです？」

最初の印象だと真面目でお堅い感じかなと思った智緒先輩だが、こうやって話して見ると、意外と話しやすく、お茶目《ちゃめ》なところもある。

厳しいところは厳しく、しかし、時には緩く、優しく。

望には申し訳ないけれど、こういう一面もあるからこそ、うまく生徒会がまとまっていられるのだろう。

「じゃあ、私の方もこれからは名前で呼んじゃおうかな。……真樹君、とりあえず今日は頑張りましょうね」

「は、はいよろしくお願いします」

会長、ではなく『智緒先輩』と軽く握手を交わし、受付の準備も整ったところで、少しずつ会場付近にも人が増えてきた。

「真樹、来たぜ」

「おーい、真樹く〜ん！」

まず現れたのは、望と、それから天海さん。

望は参加希望をきちんと出したにも拘《かか》わらず智緒先輩の判断によって裏方にされてしまったので、俺と同じく学校の制服。

天海さんはパーティ用に準備していたであろうドレスだ。青系統の淡い色で、髪色を含めて、天海さんによく合っていると思う。

まあ、天海さんは何を着ても問題ないのだろうが。

——なあ、あの子の可愛さヤバくね？

——すごい綺麗《きれい》な金髪。外国の子かな？

当然、天海さんのことを初めて見る他校の生徒たちがにわかに騒ぎ出す。

天海さんにも届いているはずだが、会長と談笑する天海さんはそれに気づく素振りもない。もう慣れっこなのだろうが、そのメンタル、俺にも少し分けて欲しいものだ。

「天海さん、海は？」

「あ、うん。私と一緒に来たんだけど、まだお手洗いの鏡で……あ、噂《うわさ》をすれば。おーい海～、こっちこっち～！」

そして、遅れて海が小走りでこちらへ。

「夕、アンタまた余計なこと真樹に話そうとしたでしょ？」

「そんなことないよ～、ねえ、真樹君？」

「ああ、うん。俺は何も聞いてない……かな」

なんとなく想像はつくが、とりあえず聞いてないことにしておこう。

ひとまず三人に腕章と帽子を渡して、一緒に受付のテーブルにつくことに。俺たち四人は自分たちの高校を担当し、智緒先輩は人数の少ない他校のヘルプへ。

「……あのさ、海」

「な、なに？」

「あの……そのドレス、すごく似合ってる」

机の下でこっそり手を握って、俺は海に感想を伝える。

黒いレース生地のドレスで、オフショルダーと言うんだったか（最近勉強した）、首から肩にかけて、海の白い肌があらわになっている。

デートほどじゃないと海は言っていたはずだが、それでも、俺にとっては十分すぎるほどだった。

「相変わらず語彙が０に近いのは減点だけど。まあ、素直な感想として受け取ってやろう」

「うん。……本当に、いいと思う」

「っ……わ、わかったから、もうそれ禁止」

「りょ、了解です」

すぐ隣の天海さんがニヤニヤと生温かい視線を送ってきているのに気づいて、俺と海はすぐさま手を放して元の仕事へと戻る。

天海さんも似合っているとは思うが、やはり、俺の胸を高鳴らせるのは、俺のすぐ隣で頬をほんのりと朱に染める海だけだ。

……俺、海のこと好きすぎか。

受付が始まって、会場には本格的に参加者が集まり始めていた。

ホールにいる顔ぶれをみると、こういうのに慣れている人がほとんどなのか、皆しっかりと着飾っている。

俺みたいな人も中にはいるものの、そういう人たちはだいたい制服だ。

「最初のうちは学校ごとのテーブルに集まってくださーい！　代表挨拶後は、自由に移動していただいて構いませんので～！」

会長の誘導に従って、各校の生徒たちが予《あらかじ》め決められた場所へ集められる。椅子はなく、立食形式のため、料理は各自取っていくようになっている。

俺たちは受付を継続しているが、本来はパーティに参加するだけの海と天海さんが協力してくれているので、作業に手間取ったり、余計なトラブルなどは起きていない。

「……あの、ちょっと」

俺たちが上級生と思《おぼ》しき人を案内していると、俺の背中をつん、とつつく人が。

「はいなんでしょ……って、新田《にった》さん」

「……ども」

俺に声をかけてきたのは、新田さんだった。

どうやら一人で会場入りしたようで、心なしかしょんぼりとしている。

「あれ、ニナち？　どうしたの？　確か彼氏さんと一緒に来るとか言ってなかったけ？」

「あ～、うん。そのはず、だったんだけどさ～……直前にまあ、色々ありまして」

ファミレス後のことは俺も知らなかったが、様子を見る感じ、やはりそのまま流れで別れたらしい。

他の女の子と天秤《てんびん》にかけられていたわけだから、選ばれなければ、やはりこういうことになってしまう。新田さんのほうから切り捨てた可能性もあるが。

天海さんもその態度で察したようだ。海は俺が話したのである程度知っているが、一応、残念そうなリアクションを取っている。

「ってことで、今日は私もそっち手伝うよ。みんなといたほうが気も紛れるし」

「うん、そうしよ！　人数多いほうが仕事も楽できるし、それに、ニナちがいるなら私も楽しいしね。皆はどう？」

「私は別にいいけど」

「俺も全然いいけど……真樹、一応、姉ちゃんに聞いとくか」

「うん、そうだね」

人数が増える分には問題ないということで、智緒先輩からはすぐに許可が出た。

ということで、しばらくの間は五人で行動をともにすることに。

一人増え、さらにスムーズに受付を終えた後は、忙しそうにしている他の高校の応援へ。

「しっかし、思ったよりも人の数が多いな。さすがにお嬢様学校が参加するとなると違うな」

会場内の一点を見つめながら、ぼんやりと望が言う。

開始前なので、本来はまだ学校ごとのテーブルにいてほしいところだが、他の高校と較《くら》べて小さなテーブルに、ウチや他校の生徒たちが集まっている。

その中心にいるのは、白いブレザーを身にまとった二十〜三十人ほどの橘《たちばな》女子の生徒たちである。

「あ〜、懐かしいな。あの制服、私たちも着て通ってたよね〜」

「うん。通ってた時は気にしてなかったけど、あれ、かなり目立つよね」

海によると、参加者が他と比べてかなり少ないのは、高等部だけだと一年〜三年合わせても二百人前後しか生徒数がいないからだそう。

内訳は、小学生から入学している内部生がほとんどで、外部生も受け入れはしているが、勉学が特に優秀だったり、スポーツや芸術面の成績が極端に良かったりしないと難しいようだ。

その話を聞いて、疑問が一つ。

「海、その……こんなこと訊《き》くのもどうかと思うんだけどさ、」

「夕のこと？　ああ、それはめっちゃ単純で、夕のお母さんが元芸能人。今はもう普通の主婦って感じだけど」

「そうなんだ」

それでなんとなく合点がいった。そういう人の子供も数多く在籍してるのもあの学校の特徴だからだ。

天海さんは自分の家のことを『普通の一般家庭』だと言ってはいたが、やはりお母さんはそれなりの経歴をお持ちのようで。

と、ここでぼんやりとそのテーブルの女の子たちを眺めていると、他校の男子たちが群がる中、二人の女子生徒と目が合った。人混みを抜け出して、こちらへとやってくる。

もちろん、その女生徒が見ているのは、俺ではなく、俺の隣にいる女の子たち。

「……海ちゃん、夕ちゃん、久しぶり」

「文化祭以来、だね」

「サナちゃん、マナちゃん……」

天海さんの言葉通り、その二人は、海と天海さんの小学校時代からの友人だった二取《にとり》さんと北条《ほうじょう》さんだった。

「……もしかして、海に話？」

「「…………」」

二人が無言で頷《うなず》く。

文化祭でのことがあるから、おそらくは、改めて謝罪と、そして仲直りをしたくてここに来たのだろう。

二人は、反射的に俺の後ろに隠れた海のことをしきりに気にしている。

「……海、どうする？」

「……」

天海さんが訊くものの、海は俯《うつむ》いたまま答えない。

海の気持ちを考えると、俺の立場なら、嫌なら嫌ではっきりと拒絶していいと思ってい る。そして、おそらくは彼女たちもそれを覚悟の上でやってきたはずだ。

海は、まだ二人のことについてどうすべきか迷っている。一度は嘘《うそ》をつかれてしまった とはいえ、友達だった時の楽しかった記憶が消えるわけではない。

謝罪を受けて仲直りするのか、それとも、関係を完全に切ってしまうのか。

本当はとても優しい女の子の海が、どちらで悩んでいるのかは、明白だった。

「……海、ちょっといい？」

「え？　あ、うん。でも……」

「いいから、俺と一緒に来て。……天海さん、ちょっとだけ海借りるから、その間に二人と話でもしてて」

天海さんが頷いたのを見て、俺は海の手を引いて、ステージの脇へ。裏方のスタッフが主に使うスペースだが、まだ開始まで少し時間があるので誰もいない。

誰にも聞かれていないことを確認して、俺は海に切り出した。

「海、もしかして、仲直りしたい？」

「……うん。実は、ちょっとだけ悩んでて」

二人きりになって素直になったのか、海がこくりと頷く。

「……中等部の卒業式の時から、本当はずっと迷ってたの。あの時は、積もりに積もったものが爆発しちゃって、怒りに任せて絶交だ、って、そんなことしちゃったけど。でも、こうして真樹と仲良くなって、夕ともやり直し始めて……で、気持ちがすっかり落ち着いたら、怒りで蓋されてた思い出があふれ出てきちゃって」

やはり、海にも未練があったのだ。嘘で一度だけおかしくなってしまったが、ああして謝罪に来てくれた時点で、二取さんと北条さんが悪い人たちじゃないことを、海もきちんとわかっている。

海の迷いを『甘い』と断じる人も、もしかしたらいるかもしれない。

だが、甘いからこそ、海は『朝凪海』という女の子なのだ。

甘いほうが、ずっと海らしいと俺は思う。

そんな俺は、海よりも、もっともっと甘い人間なのだろう。

「ごめんね、真樹。私、わがままだよね。真樹のことも、あの二人のことも、ずっとはっきりしないで、振り回して」

「……いいよ、別に。俺たち子供なんだから、まだもう少しわがままでいていいんだよ」

大地《だいち》さんや空《そら》さんもそう思っていたからこそ、急な進路変更も認めたのだろうと思う。

海がそれをわがままなことだと自覚しているのなら、それで十分なのだ。

「海、こっち」

「うん」

飲み物の置かれているテーブルやビンゴの景品が入っていると思しきダンボール箱の陰に隠れて、俺と海はこっそりと抱きしめ合った。

やっぱり、海とこうしていると、とても気持ちが落ち着く。なにがあっても、目の前の人だけは自分の側《そば》にいてくれる——そんな気がして、勇気が湧いてくるのだ。

「俺は、海に仲直りしてほしいと思う。俺の父さんと母さんはもう無理だけど……海のほうは、きっとまだやり直せるはずだから」

仲直りしても、またどこかで嘘をつかれるかもしれない。

甘さが仇《あだ》になって、また後悔することになるかもしれない。

それでも、もう元に戻らないと知ってから後悔するよりは、よほどいい。

「……真樹のばか。ついこの間までは子供みたいに泣いてわたしのおっぱいに甘えてたくせに、いつの間にか格好良くなっちゃって」

「言い方……まあ、多分、この後情けない姿を晒《さら》すことになりそうだから、ここぐらいは格好つけといたほうがいいかなって」

少し前に、母さんから『そろそろ会場に着くよ』とメッセージが届いているのは確認している。おそらく、そう間を置かず、父さんからも連絡が来るだろう。

「海、先に戻ってて。俺、ちょっと会長のほうに抜けること伝えなきゃ」

「真樹……一人で大丈夫？」

「うん。海は仲直りが終わってから、来てくれればいいから」

「わかった。じゃあ、また後で」

もう一度お互いの体温と匂いをしっかりと感じてから、俺と海は別々の方向へと歩いていく。

俺にとっての最後のわがままが、始まろうとしていた。


時刻は午後６時ちょうど。おおよその生徒たちがテーブルに集まったのを壇上《だんじょう》で確認すると、今回の企画の代表である智緒先輩の挨拶が始まった。

パーティ参加のお礼から始まり、一月から本格的に始まる受験シーズンへ今まさに追い込んでいる三年生への労《ねぎら》いの言葉に、この後の簡単なタイムスケジュールと注意事項。あんまり長すぎて参加者のテンションがだれないよう、短く簡潔に。この大勢の、しかも他校の生徒もいるなかで、よく緊張もせずあれだけできるものだ。

「――それではみなさま、乾杯！」

智緒先輩の言葉を合図に、会場内は明るい雰囲気に包まれる。

同時に、俺は智緒先輩のいるステージへとこっそりと上がった。

ステージ上からちらりと海たちのいる方を確認してみる。俺から見て中央やや右寄りにある城東高校のテーブル——サンタ帽をかぶっているおかげで、海と天海さんの位置はすぐに確認できた。

二取さん・北条さんペアと、海の間に、まぶしいぐらいの笑みを浮かべる天海さんがいるので、どうやら上手《うま》く話ができたようだ。

元々あれが本来の四人の姿だから、久しぶりに同じ時を過ごすことができて、きっと嬉《うれ》しいのだろう。

海がうまくやったことをしっかりと確認してから、俺は挨拶を終えた後の智緒先輩のもとへ。

「先輩、お疲れさまです。挨拶、とても良かったです」

「そう？　ありがとう。とはいえ、まだ始まったばかりだから、疲れてるわけにはいかないけどね。……もしかして、用事のほう？」

「はい。始まったばかりで申し訳ないんですが、抜けさせてもらえれば」

「構わないわよ。私の方はまだ来てない人の受付に回るけど、ここから一時間ぐらいは何もないから。それまでに私のところに戻ってきてくれれば大丈夫」

「ありがとうございます」

それだけ時間があれば、何の問題もないだろう。

安心して、わがままをできるというものだ。

スタッフ用の腕章を智緒先輩に預けて、俺は海より一足先に会場を出る。

市民ホールの玄関前に植えられている大きな木……そこが家族との待ち合わせ場所だ。

「真樹、こっち」

「母さん」

会場から出てきた俺を見て、母さんが手を振っている。急いで来たのだろうか、少し息が上がっている。

「真樹、本当に抜け出してきてよかったの？　パーティ、始まったばっかりなんでしょうに」

「うん。ちゃんと代表の人に許可は取ってるから。それよりゴメン、わざわざ来てもらって」

「ううん。今は仕事もないから暇だし、このぐらいはね。……で、ここまで呼び出しておいての大事な話って？」

「うん。これからするつもりだけど、もうちょっとだけ待ってて。……そろそろもう一人からも連絡が来るはずだから」

「？　もう一人って……」

「あ、今連絡来たから、ちょっと外すよ」

ポケットの中でぶるぶると震えるスマホを手に取って、通話ボタンを押した。

ディスプレイの表示は『湊京香』──今日の昼、改めて交換した湊さん個人の番号だ。

『こんばんは、真樹君。約束通り、時間を作りましたよ』

「ありがとうございます。それで、父さんは？」

『もちろん、一緒です。……そのまま連れて来ても？』

「お願いします」

通話を切って入口のほうを見ると、そこにはいつものスーツ姿の二人が。

すぐ隣で俺の視線を目で追っていた母さんも、その瞬間、俺からの話の内容をなんとなく察したようだった。

「来てくれてありがとう、父さん。あと、嘘ついてごめん」

「真樹と、それに……なるほど、そういうことか」

クリスマス用の飾り付けがされた木の側で、久しぶりに前原家の三人が……いや、俺は母さんと一緒に暮らしているし、父さんとも定期的に会っていたから、正確に言えば『父さんと母さん』が、になるか。

「……久しぶりだな」

「……ええ、そうね」

そう一言だけ交わして、二人は互いに視線をそらして沈黙してしまう。電話では定期的にやり取りしていても、顔を合わせるのは離婚届に判を押した時以来だから、やはり気まずいのだろうと思う。

「父さん、母さん、何か話さないの？　久しぶりに家族で会ったのに、お互いに言いたいこととかないの？」

「そう言われてもね……もしかして、あなたが湊さん？」

「……こうしてお会いするのは初めてですね。初めまして、奥様。湊と申します」

「前原真咲です。あと、私はもう奥様じゃないから、その人のことは煮るなり焼くなり好きにしても構わないわよ」

「……いえ、私にそんな資格はありませんから」

「そう……女泣かせなのは相変わらずなのね」

湊さんの反応を見た母さんが、父さんのことを静かに睨《にら》みつける。その表情は、一昨年や去年にも見たものとまったく同じだった。

そんな母さんに応じるようにして、父さんがため息をついた。

「……君にはわからないよ」

「ほら、またそれ。どうしてあなたはいつもそうなのよ。はぐらかして、逃げて……ほら、ムカつくんだったら、言いたいことがあるなら言い返してみなさいよ」

「罵りたいのなら、君の好きにすればいい。……真樹、お前にこれ以上話がないんだったら、私は忙しいからもう帰――」

「――いえ、待ってください、樹さん」

先日の面会日のようにすぐさま踵《きびす》を返して立ち去ろうとする父さんだったが、その寸前で湊さんの手が伸びてきた。

「……放せ、湊。それと、ここでは部長と呼べ」

「いいえ。まだ放しませんし、呼びません」

「湊っ」

「そうやって息子さんから……真樹君からも逃げるつもりですか？　本当は寂しくてしょうがないくせに」

「……！」

その言葉で、湊さんを振り払おうとした父さんの動きが止まった。

「樹さん、お願いします。真樹君の話をちゃんと聞いてあげてください。……逃げるにしても、それからでも遅くはないはずです」

「なるほど、昼前の『緊急の用事』とはこのことだったか。嘘《うそ》をついて仕事をサボって……この後、覚悟しておけよ」

「問題ありません。樹さんと違って、私はもう覚悟できてますから」

「！　お前、それは……」

湊さんがスーツの内ポケットから取り出した『退職願』の封筒は、それを示すには十分すぎるほどだった。

湊さんも、度胸の据わった人だ。

「……十分だけだぞ」

「ありがとうございます。……さあ、真樹君」

「はい」

場を整えてくれた湊さんに心の中でお礼して、俺は父さんと母さんの間に立った。

「父さん、母さん。手、つないでもいい？　いや、勝手につなぐからね」

「え？」

「あ、ああ……」

戸惑う両親をよそに、俺は右手で父さんの手を、そして、左手に母さんの手をとる。

父さんと母さんの手のぬくもりは初めてではないはずだが、その思い出はアルバムに記録されているだけで、記憶にはもうほとんど残っていない。

緊張で冷えた手をじんわりと温《ぬく》めてくれる父さんの手と、いつも愛用しているカイロのように、しっかりとした熱を持った母さんの手。

どちらも同じくらい大事な、大事な両親の手。

「……父さん、母さん、お願いだから仲直りしてよ」

そうして、俺はもう叶《かな》わないはずのわがままを口にした。

「喧嘩《けんか》なんてもうやめて、元に戻ろうよ。どっちかなんて嫌だよ。前みたいに、三人で家で暮らそうよ」

「……真樹、お前」

「真樹……」

手を握る力をさらに込めて、俺はさらに続けた。

「俺、もっと頑張るから。勉強も、運動も、今はまだ、そんなに友達も多くないけど、でも、これからは人付き合いだって、ちゃんとするから。……だから、」

二人のほうがもっと辛《つら》いから、大変だから。

離婚の時、子供ながらに考えて、苦しんで、そうやって蓋をしていた感情を、涙とともに一気に吐き出していく。

「俺は、二人と一緒がいいよ。父さんだけ、母さんだけじゃない。父さんと母さん二人じゃないと、俺は嫌だ。……絶対に嫌だ」

わかっている。今さらこんなわがままを言ったところで、何の意味もない。二人の困り顔を見ればわかる通り、それでどうにかなる段階は、とっくの昔に過ぎ去っている。

でも、ちゃんと伝えないと、いつまで経《た》っても吹っ切れない。

楽しい時の思い出の中で、ずっと一人、時間が止まったままの自分。

それをきちんと過去のものにして、海や、こんな俺と仲良くしてくれる人たちと、これから新しい思い出を作っていくために。

一歩踏み出すために。

と、ここでちょうどよく海が俺のもとにやってくる。

「真樹っ、ごめん、ちょっと遅れた！」

「海……いや、大丈夫。ちょうど今吐き出せたところ。そっちのほうは？」

「今度嘘ついたらぶっ飛ばすからって伝えた」

「そっか」

しっかりカタがついて何よりだ。海なら、きっとまた仲良くやっていけるだろう。

もしまた何かあって落ち込んだ時は、俺がしっかりと支えてあげるだけだ。

「……ってことで、俺からの話はこれで終わりだよ。ごめんね、父さん、母さん、今さらこんな話しちゃって」

すでに終わった話を蒸し返しただけだが、おかげで気持ちがスッキリとした感じがする。

それで構わないんだということを教えてくれた大地さんに、改めてお礼をしたい。

「あ、父さん。今日の電話で話した件なんだけど、今、返事いい？」

「いや、いい。……俺のところに戻ってくることは、今後もないんだろう？」

「うん」

頷《うなず》いて、俺は両親の手から握っていた手を放し、その代わりに、すぐさま俺の側《そば》に寄ってきた女の子と指を絡ませあった。

「父さん、俺、こっちで好きな子が出来たんだ。いつもひとりぼっちで、友達をつくる努力もしないでひねくれていた俺と、仲良くなってくれて、辛い時も一緒にいてくれて」

その女の子の名前は、朝凪海。

人生で初めて出来た友達。

そして、俺に初めての恋を教えてくれた女の子。

「父さんが仕事で辛い思いしてるのは、湊さんから少し前に聞いたから知ってる。どうしても家族に言えない辛いことがあって、それでも俺や母さんのために、ずっと一人で頑張ってくれてたことも。……それでも、この子と離れ離れになるのだけはもっと嫌だから」

だから、この話は、これでおしまいなのだ。

後悔はある。もし時間が巻き戻せるならと思ったことも一度や二度ではない。でも、ようやく摑《つか》んだ海の手を、新しい幸せを、なかったことにはしたくないから。

「そうか……ついに真樹にもそういう子が出来たか」

「うん。本当、俺にはもったいないぐらいのいい子だと思う」

「……変わったな、真樹」

「うん。まだちょっとだけど」

こんなクサいセリフが吐けるなんて、三か月前には思ってもみなかった。

まあ、ようやく人並み程度にはなれたというところだろうが。

俺の反応を見た父さんが、小さくため息をつく。

「……わかった。じゃあ、お前は俺みたいにならないよう、しっかり頑張れよ。顔を合わせることはないかもしれないが、お前の幸せを陰で願っている」

「ありがとう。……それじゃあ父さん、仕事、頑張って」

「ああ。書面で決めた以上、お金はきっちり払わないといけないからな。大人の辛い所だ」

そうして、今までずっと険しい顔をしていた父さんが初めて笑みを浮かべる。

父さんにとっても、俺と会えなくなるのは辛い選択だったはずだが、それでも最後は昔のように笑ってくれた。

嬉しかった。

一時は嫌いになりかけたものの、やっぱり俺は父さんのことが好きだったらしい。

「ねえ、父さん、母さん。最後に一個だけお願いがあるんだけど、いい？」

「なに？　これまで散々私たちのこと振り回しといて、まだ何かやろうって企《たくら》んでるの？」

「うん。この木をバックに三人で写真を撮りたくてさ」

敷地内で一際目立つその木は、飾りつけと、降り続ける雪のおかげで巨大なクリスマスツリーのように見える。写真の背景としては、うってつけの場所だ。

この場所で、最後に三人で揃《そろ》って写真を撮って、途中で記録が止まってしまっていた前原家のアルバムの、最終ページを作る。

それが、俺が海と一緒に考えた『最後のわがまま』だった。

「真樹はそう言ってるけど……あなた、どうする？」

「離婚しておいて今さら家族写真も恥ずかしいが……まあ、滅多《めった》にない息子のわがままぐらい聞いてやろうじゃないか」

「ふふ、そうね」

一瞬、そのやり取りで父さんと母さんが元の『夫婦』に戻ったような気がしたが、それはきっと俺の勘違いだろう。

過去はもう戻らない。

だからこそ、今日を新しいスタートの日としなければならないのだ。

「海、写真お願いしてもいい？」

「うん。でも、私こういうの苦手だから、助っ人《すけと》にお願いしようかなと思って」

「え？　助っ人？」

「そそ。おーいみんな～、出番だぞ～」

「え？」

海が近くの植え込みに向かって呼びかけると、にゅっと生えるように、三人の人影が現れた。

「ふぃ〜、寒かった〜。でも、ようやく私の出番ってわけだね！」

「姉ちゃんに無断で出てきちまった。真樹、終わったら一緒に謝ってくれ」

「……ねえ、私さ、場違いじゃない？　本当にここにいてもいいわけ？　ねえ？」

出てきたのは、天海さん、望、それから新田さんの三人。

来たのは海だけだと思っていたが、どうやら全員引き連れていたらしい。

まあ、この寒空の下、途中でふらりと海一人だけ抜けられても心配するだろうし、こうなることは予想していたので構わない。

「ってことで、新奈《にな》。写真お願いしていい？　アンタ得意でしょ？」

「私かよ……確かに人より操作は慣れてるけどもさ。てかさ、文化祭の時はともかく、私、もしかしなくても朝凪にいいように使われてるな？　まあ、委員長と委員長のお父さんには個人的にも借りあったしいいけどさ」

そうして、新田さんにそれぞれのスマホを託して、俺は、両親二人の間におさまった。

「父さん、母さん、最後は笑って写らない？」

「……そうだな」

「ははっ、なにそれ。……まあ、それも母さんらしいけど」

「……そうね。最後はアレだったけど、まあ、総合的に見れば楽しかったし」

「はい、それじゃお三方いきますよ。……はーいっ」

そうして、前原家三人それぞれのスマホに、最後の記録が収められた。

俺も、母さんも、父さんも、まるで昔に戻ったような楽しげな笑顔がそこにはあって。

これで一応終わり、かと思ったが。そこで、サンタ帽をかぶったままの天海さんが、元気よく手を上げてぴょこんと飛び跳ねた。

「はいはーい！　今度は私も写りたいでーす！　ねえ、海、ついでだし私たちも乱入しちゃおうよ！」

「なんのついでかわかんないけど……まあ、これもある意味いい思い出か。ほら、関《せき》も行くよ」

「おう。おい、せっかくだから新田も来いよ」

「え？　成り行きだからいいけど、でもそれじゃ撮るヤツが……あ、じゃあ、そこのお姉さん、お願いしてもいいですか？」

「わかりました。お安い御用です」

全員のスマホをまとめて湊さんに預けると、新田さんも輪の中に入ってきた。

これで合わせて七人。いい感じに収まるためにぎゅうぎゅう詰めで大変だが、まあ、これはこれで楽しいから問題ないか。

「はい、それでは撮りますよ。えっと、こういう時はなんて声をかければ……」

「そんなの、お姉さんの好きにすればいいですよ。なんとなくやってくれれば、ウチら合わせますんで」

「そうですか。それでは――」

雪の降るクリスマスイブの夜に、高校生たちの賑《にぎ》やかな声が響いた。

ひとまず自分の気持ちに決着をつけたわけだが、それはそれとして、パーティはまだちょっとだけ続くので、父さんと母さんにお礼を言った俺は、四人と一緒に会場へと戻った。

パーティのほうは、智緒先輩が引き続き皆を適切に指揮してくれたおかげで、特に大きなトラブルもなく、予定のプログラムを順調に消化していく。

意外と少ない他校の生徒との交流や、そこそこ豪華な景品も用意されたビンゴ大会など、どれも定番ではあるけれど、参加者も結構盛り上がっていたので、裏方としては嬉《うれ》しい限りである。

賑やかな時間はあっという間に過ぎ、夜８時。パーティはお開きとなった。

「――はい、それでは、私たちの分の後片付けは終わったので、これにてスタッフも解散となります。皆さん、これまで協力してくれてありがとうございました」

後は業者さんに任せてもいいそうで、俺たちもようやく裏方仕事の任を解かれ、晴れて自由の身に。

生徒たちからは『ぜひ来年も』という声がちらほら上がっていたようだが、近くで智緒先輩が各所に走り回っているのを見ていた身からすれば、今後は裏方としてではなく、普通にお客様として参加したいものだ。

「海、お待たせ」

「ん。収穫は？」

「ばっちり。温め直せば、まだ十分いけるよ」

そう言って、俺は両手に提げた紙袋の中身を見せた。今日のパーティで出されて、手つかずのまま残ってしまった料理や飲み物たちの一部を、智緒先輩から許可を得てもらってきたのだ。

クリスマスには定番のフライドチキンや、その他のオードブル、飲み物で言うと、スーパーではもう滅多に見かけない瓶のコーラなどもあり、子供みたいにテンションが上がってしまった。まあ、俺や海はまだまだ子供なのだけれど。

これなら、特に後で料理を追加しなくても、ウチでやる予定の二次会の食べ物はこれで十分だろう。

「……海、ところで他の皆は？　いないみたいだけど」

二次会には、今回、俺たちの家族写真に飛び入り参加してくれた天海さんや望、それから新田さんも参加する予定で、俺が料理を回収している間、四人で待ってくれていたはずなのだが。

「あ……えっとね。夕と新奈は二人でカラオケ行くって言っていなくなっちゃって、関は会長に呼び出しくらってどっかに消えちゃった」

そして、俺のことを待ってくれていたのは、海一人だけ。

「そ、そっか」

「う、うん」

三人的には『あとは二人でごゆっくり』ということなのだろうが、そうなると、大きめの紙袋にパンパンにおさまった料理を二人で食べなければならないのだが……まあ、いいか。

「じゃあ……とりあえず、俺の家に行こうか」

「う、うん……あ、その前に、ウチに寄っていい？　ドレス着るのきつくて疲れちゃったから、楽なヤツに着替えたい」

「わかった。じゃあ、ついでに空さんに挨拶しておこう」

こうして、俺たちは二人だけのクリスマスイブを過ごすことに。

泣いて、笑って、感情を全て吐き出し、最終的には友達まで巻き込んだ記念写真撮影だったが、これはあくまで前座。

さあ、本番といこう。

もう少しだけ海のことをお借りするため朝凪家へと赴いた俺だったが、玄関で出迎えてくれたのは、なんと空さんではなく、お兄さんの陸《りく》さんだった。

この前会った時とまったく同じスウェットに、ボサボサの頭。

なんだかちょっと安心する。

「母さんなら、少し前に出かけたぞ。最近できた友達……らしいんだけど、これから一緒に飲みにいくんだとさ。年甲斐《としがい》もなくウキウキで出てったよ、あのババア」

「あ……そうなんですか」

そして、『真咲さんお借りするわね』との言伝《ことづて》も預かったから、今ごろはウチの母さんと二人で夜の街を飲み歩いているのだろう。

母さんは俺のわがままを何も言わず聞いてくれたわけだが、それでもきっと、色々な感情が渦巻いた日だったはずだから、気のすむまで自由にさせてあげようと思う。

大人にだって、気持ちを整理する時間が必要なはずだから。

父さんのほうも、湊さんとの関係は、今日を境に違うものへと変わっていくだろう。

今の関係を解消し、ただの部下と上司になるのか。

それとも湊さんの気持ちに少しずつでも向き合っていくのか。

結果がどうなるか、それは、もう俺の知るところではない。しかし、せっかくなら、皆にとって悪くない結末を迎えて欲しいと思う。

たとえ時間が経《た》っても、今日の俺の行動が、両親にとって、前原家にとって、いい思い出話になってくれるように。

「じゃあ、確かに伝えたから。俺は部屋に戻る」

「あ、はい。わざわざありがとうございます、陸さん」

「……まあ、このぐらいはな。そこのバカのこと、よろしく頼む」

ぶっきらぼう気味な口調だが、陸さんも朝凪家にふさわしく優しい人なのだろうと思う。

あとはちゃんと再就職すれば完璧だ。今のところ、あまりその気はなさそうだけど。

陸さんと入れ替わるようにして、着替えを終えた海がやってきた。ぶかぶかのパーカーと、下はロングスカート。完全に部屋着だが、それだけ俺の家が海にとってもリラックスできる場所ということなのだろう。

俺としても、そちらのほうが嬉しい。

「んじゃ、いこっか」

「うん」

ごく自然に手をつないで朝凪家を後にした俺と海は、二人寄り添っていつもの夜道を歩き始めた。

パーティの時にはまだ降っていたはずの雪はいつしか止《や》んでいて、雲間から覗《のぞ》く月の明かりが、俺たちのことを淡く照らしている。

「海、さっきから何見てるの？」

「これ？　さっきパーティ会場で撮った皆の写真。一緒に見る？」

「うん」

俺のスマホにももちろん入っているが、今は顔を寄せ合いたい気分なので、海のスマホで写り具合を確認することに。

「……よかった、俺、ちゃんと笑えてる」

「うん。これ、すごくいいね。これならちゃんとアルバムに残せるよ」

海のスマホには、前原家三人のものと、それから、海たち四人が加わった集合写真がそれぞれ保存されているが、どちらも同じように笑みを浮かべている俺の姿がある。

今まで、写真はそんなに好きではなかった。自分にコンプレックスがあったから、他人の目に格好悪い姿を晒《さら》されるのが恥ずかしかったし、写真を見ると、その当時の記憶を思い出してしまうから。

でも、今はもう違う。

俺の隣には、海がいる。

俺の顔——見た目的には冴《さ》えなくて、人によっては馬鹿にされるかもしれない、そんなぎこちなさの残る笑顔の写真を、すごくいいと言ってくれる。

彼女がそう言ってくれるなら、もう少しだけ、記録を残してもいいかもしれないと思わせてくれる。

「あのさ、海」

「……なに？」

「俺、海のことが好きだ」

朝凪家を出て少し歩いたところで、俺は、海にしっかりと今の気持ちを伝える。

以前、ちょうど海から『大好きだから』と言われた時の場所あたりだが、特に狙っていたわけではない。たまたま、告白するタイミングがその場所だっただけだ。

「……それは、その、友達として、じゃなくて？」

「うん。恋人として、ちゃんと海のことを好きになりたい」

初めてのデートの時に言えず、なんだかんだと先延ばしになっていた言葉。

あの時は緊張でドキドキしていたが、今はしっかり落ち着いていて、どことなく胸のあたりが暖かい。

握りしめた手からしっかりと伝わる海のぬくもりを、誰にも渡したくない。

海のことを誰よりも大切にしたい。

海にとって誰よりも大切な存在になりたい。

今日の出来事を経て、その思いはより強くなっている。

「これから先、何があるかはわからない。これからもっと付き合いが長くなれば喧嘩《けんか》だってするかもしれないし、たまには顔も見たくない時が来ちゃうかも……でも、もしそうなっても、俺、いっぱい頑張るから」

いつになっても写真のような笑顔で二人ずっといるためには、多分、そうするしかないのだろう。これからもずっとこんな穏やかで甘い時間が続けばいいけれど、色々あるのもきっと人生だと思う。

俺だけじゃない。みんなどこかでそれなりに悩んだり、苦労していたりする。

俺も、海も、天海さんも、新田さんも、望も、そして、父さんと母さんも。

「だから……海、俺と恋人になって欲しい。今はまだ、泣き虫で、甘えん坊で、頼りない男かもしれないけど、それでも俺、海のために頑張るから」

海の手をしっかりと握りしめ、俺ははっきりと告げる。

「海、いつも一番に俺のこと気にしてくれて、見てくれてありがとう。……大好きだよ」

「…………んぐ」

俺の告白に、そう呟《つぶや》いて海は小さく頷《うなず》いた。

気づくと、海の目は潤んでいて、涙声になっていた。

「海、泣いてる」

「うぐ……うるさいばか、ばか真樹。……そんなふうに告白されたら、私だってこうなっちゃうよ。ってか、真樹だってちょっと泣いちゃってるくせに」

「まあ、俺も泣き虫だし。……海、こっち」

「うん」

紙袋をいったん地面に置いて、俺は海を自分の懐に迎え入れた。

「……真樹、あったかい」

「そっか。ならよかったけど……ふふっ」

ぐすぐすと俺の腕の中でベソをかく海が子供みたいに見えて、俺は思わず吹き出してしまう。

「……真樹のいじわる。私がしてあげた時は我慢してあげたのに」

「あ、やっぱ我慢してたのね。……いや、俺たちって、やっぱり似た者同士だなってつい思っちゃってさ」

「だね。甘えん坊同盟、みたいな」

「なんだよそれ。でも、意外としっくりくるかも」

「でしょ。私たちにお似合いだ」

そう冗談を言い合ってじゃれ合いながら、俺と海は少しずつお互いに顔を近づけていく。

「海」

「真樹」

「――だいすき」

そうして、俺たちは『友達』から『恋人』になった。

エピローグ

　告白をして、受け入れられて、そして約束通りに唇同士のキスをして、晴れて恋人同士になった俺と海《うみ》は、ゆっくりとした足取りで俺の自宅マンションへと向かった。

　さっきから、なんだか足元がふわふわとして落ち着かない。緊張から解放されたことと、そして、海の一番になれたことがとても嬉《うれ》しくて。

　うっすらと雪が積もった道に二人分の足跡を刻み、俺たちは二人きりのささやかな食事会を過ごすべく、前原《まえはら》家の自宅へ。

　母さんが気を利かせてくれたのか、部屋の暖房がつけっぱなしのままで、部屋は十分に暖かいし、テーブルのほうもしっかりと掃除されていた。

「？　真樹《まき》、なんかメモみたいなのあるけど」

「あ、うん。多分母さんからの伝言なんだろうけど……」

『邪魔者は出かけるから、しっかり頑張りなさいよ。母より』

　という書き置きが残っていた。家から呼び出した際にすでにこれを残しているということは、どうやら元々空《そら》さんとは約束があったらしい。

「まったくもう、大きなお世話なんだから」

「ふふっ。でも、真咲《まさき》おばさんらしい」

　まあ、言われた通りちゃんと頑張ったし、その結果、最高の結果も得られたので、一応、帰ってきたらお礼ぐらいは言っておこうと思う。

「さ、お腹《なか》もすいたし、早いとこ準備しちゃうか」

「だね。まあ、準備っていっても料理を温めなおすだけなんだけど」

　持ってきた紙袋一杯の料理たちを皿に並べ直して、そのまま電子レンジの中へ。温める間に、飲み物のグラスや、その他、家を出る前に予《あらかじ》め用意していたケーキをコタツのテーブルの上に並べていく。

　全て五人分で想定していたので、かなりの量になってしまった。

「あはは、なんか思った以上に量多いね。これじゃデカ盛りみたい」

「だな。いっそ今から限界食いでもしてみる？」

「いいね。一緒に動画も撮ってさ、夕《ゆう》たちに『お前らのせいで～』ってチキンの前に倒れ伏す私たちの姿を送り付けてやろう」

「朝凪《あさなぎ》サンタからのクリスマスプレゼントって言って？」

「そそ。余り物のフライドチキン十人前」

そんな他愛《たあい》のない冗談を飛ばしあいつつ、二人息のあった動きでてきぱきと料理をテーブルに並べていき。

「それじゃあ、海」

「うん、真樹」

「「……メリークリスマス」」

もらってきた瓶のコーラをお互いに鳴らして乾杯し、二人きりの、ささやかなクリスマスパーティ延長戦が始まった。

「さて、じゃあ、テレビでも見ながらまったりとチキンをやっつけよっか」

「うん。それはまあ、別にいいんだけど」

「？　だけど、なに？」

「いや……その、ちょっと狭くないかなって。今座ってる場所」

ちょうど向かい合うように座ったほうがスペース的に窮屈にならず済むはずだが、今、海は俺に寄り添うようにしてすぐ隣に座っている。

そしてコタツの中にはしっかりと脚を入れているので、俺のいるサイドがぎゅうぎゅうの状態だ。

海のために用意したクッションが、コタツ布団の外で一人寂しくしている。

「だって、こっちのほうがテレビ見やすいし。確かに一人のスペースに二人だから、ちょっと狭いかもだけど……ね？」

そう言って、海は俺の腕に手を回してさらに密着してくる。

……狭いなら俺が移動するけど、なんて、そんな鈍いことは言わない。

「そ、そっか。もしかしたら海が窮屈かなって思ったけど、大丈夫ってんなら、俺は別にこのままでいいけど」

「このまま、『で』？」

「……いや、このまま『が』いいです」

なんだか気恥ずかしくて意識しないように努めていたが、やはり無理だった。

もっと海とくっついていたい。

もっと海の側《そば》で、彼女のことを感じていたい。

ほのかに香るシャンプーの甘い匂い。

押し当てられる柔らかな胸の感触。

すべすべの素肌に、それを通して伝わってくる体温。

「海、あのさ」

「なに？」

「なんでかな、よくわからないんだけど……今の海、すごく可愛《かわい》いと思って」

すぐ近くにある、海の顔を見て、俺は素直な感想を口にした。

……かわいい。

丸くて大きな瞳、小さな鼻、形のいい唇。

恥ずかしくなったらすぐに赤くなる頰《ほお》、耳。

手ざわりのいい黒髪。

その全部が、可愛いし、愛《いと》おしく思う。

「そっか、奇遇だね。実は私も、同じこと思ってたり」

「……ってことは、やっぱり海も？」

「うん」

俺のことをまっすぐに見て、頰をほんのりと染めた海が言う。

「私も、なんでかわからないけど、今まで一番真樹のことが格好良く見える。少し前まで涙で目は真っ赤で、せっかくセットした髪も雪やら風のせいでボサボサになっちゃってるのに。あ、あとそもそもそんなにイケメンじゃないのに」

「……最後のは余計」

「ふふ、ごめんごめん。でも、そんななのに、私、真樹の顔から目が離せないし、もっとずっとくっついてたい。真樹にもっとぎゅっと抱きしめて欲しい。さっきみたいに、私の目だけをずっと見て……その、」

「……アレをしてほしい、とか？」

「……」

何も言わず、顔を真っ赤にさせた海がこくりと頷いた。

……かわいい。

こんな子が俺の彼女だなんて、本当に夢みたいだ。ここで目を覚まして『実は夢でした』だなんてやられようものなら、俺はしばらく自分の部屋から出てこれないだろう。

「海、ちょっとさ、俺の頬つねってみてくれない？」

「え？　うん、いいけど……はい」

言われた通りに、海が俺の頬を強めにつねってくれる。

「どう？」

「……痛い。夢じゃないみたいだ」

「当然でしょ？　もう、真樹ったらしょうがないんだから……あ、でも、私も一応確認してみよっかな。はい、どうぞ」

「俺がやるの？　まあ、いいけど」

お望み通り、柔らかくすべすべの頬をつまんで、きゅっと軽く指に力を入れてみる。

「……いたい」

「そりゃまあ……って、俺たちさっきから何やってんだろうな」

「ね。料理も食べずにこんなことばっかりやってるから、私たち皆から『バカップル』って呼ばれちゃうんだ」

「……そうかも」

しかし、今は俺たちのことを主にそう呼ぶだろう三人はいないし、それならもう少しだけこんなふうに意味なくじゃれ合っていてもいいだろう。

だって、俺たちはもう『友達』じゃなくて『恋人』なのだから。

「海……その、いい？」

「……うん、いいよ」

そうして先程のように抱きしめ合った俺たちは、お互い求め合うように、再び唇と唇を重ね合わせる。

二人きりの部屋で交わした内緒のキスは、ほのかに甘いコーラの匂いがした。

あとがき

まずは2巻を手に取っていただきありがとうございます。作者です。

1巻の発売から少し時間が空いてしまったものの、こうしてまたご挨拶することができて嬉《うれ》しい限り……なのですが、その前に少しお話させていただきたいことがございます。

2巻の表紙を見ていただいた時点ですぐに気づかれたかと思いますが、今巻より、担当イラストレーター様を、1巻を担当していただいた長部《おさべ》トム先生から、新しく、日向《ひゅうが》あずり先生へと引き継いでいただくことになりました。

皆様から頂いたご感想などを見ても、本編の内容以上に長部先生のイラストについて大変好評をいただいていたため、シリーズが始まってすぐ、というタイミングでの変更は、私としても残念でしたし、編集部から相談を受けた直後は、正直なところとても悩みました。

変更の詳しい経緯などについて、私の口からは差し控えさせていただければと思いますが、理由としてはやむを得ないものであり、また、長部先生や編集部ともしっかりと話し合いをした上での決定ですので、読者の皆様に対して勝手なお願いとなってしまうかもしれませんが、今後とも変わらぬ応援をよろしくお願いいたします。

さて、ここからはその他の告知になりますが、すでに発表があった通り、『2番目』（略称募集中）について、『アライブ＋』にてコミカライズの連載がスタートしております。中にはすでに読んでいただいている方もいるかもしれませんが、コミカライズ担当の尾野《おの》凜《りん》先生やアライブ編集部との打ち合わせの上、コミックでも、海《うみ》と真樹《まき》の間にあるいい空気感を表現できるよう頑張っておりますので、コミック版『2番目』につきましても、応援よろしくお願いいたします。

シリーズを長く続けるにも、コミカライズや作品のPVといった企画を実現するにも、全ては読者の皆様の応援が必要です。書籍、コミック版、そしてWeb版と、シリーズ全体通して作者としてできることを頑張ってまいりますので、皆様と一緒に盛り上げていければ嬉しく思います。

今巻の発売を通して、改めて、多くの人のおかげで1冊の本が出来ているのだなと実感しました。書籍ではスニーカー文庫編集部、担当様、日向あずり先生。コミカライズでは尾野先生やアライブ編集部。PVでは海役の石見舞菜香《いわみまなか》さんに真樹役の石谷春貴《いしやはるき》さん。そして、関係各所の皆様、この場を借りて、御礼申し上げます。

そして、長部トム先生。1巻のみでしたが、お忙しい中、担当していただきありがとうございました。

クラスで2番目《ばんめ》に可愛《かわい》い女《おんな》の子《こ》と友《とも》だちになった2

著	たかた
	角川スニーカー文庫　23131 2022年8月1日　初版発行 2024年7月25日　16版発行
発行者	山下直久
発　行	株式会社KADOKAWA 〒102-8177 東京都千代田区富士見2-13-3 電話　0570-002-301（ナビダイヤル）
印刷所	株式会社暁印刷
製本所	本間製本株式会社

◇◇◇

Printed in Japan　ISBN 978-4-04-112035-4　C0193

★ご意見、ご感想をお送りください★
〒102-8177 東京都千代田区富士見 2-13-3
株式会社KADOKAWA　角川スニーカー文庫編集部気付
「たかた」先生「日向あずり」先生

角川文庫発刊に際して

角　川　源　義

第二次世界大戦の敗北は、軍事力の敗北であった以上に、私たちの若い文化力の敗退であった。私たちの文化が戦争に対して如何に無力であり、単なるあだ花に過ぎなかったかを、私たちは身を以て体験し痛感した。西洋近代文化の摂取にとって、明治以後八十年の歳月は決して短かすぎたとは言えない。にもかかわらず、近代文化の伝統を確立し、自由な批判と柔軟な良識に富む文化層として自らを形成することに私たちは失敗して来た。そしてこれは、各層への文化の普及滲透を任務とする出版人の責任でもあった。

一九四五年以来、私たちは再び振出しに戻り、第一歩から踏み出すことを余儀なくされた。これは大きな不幸ではあるが、反面、これまでの混沌・未熟・歪曲の中にあった我が国の文化に秩序と確たる基礎を齎らすためには絶好の機会でもある。角川書店は、このような祖国の文化的危機にあたり、微力をも顧みず再建の礎石たるべき抱負と決意とをもって出発したが、ここに創立以来の念願を果すべく角川文庫を発刊する。これまで刊行されたあらゆる全集叢書文庫類の長所と短所とを検討し、古今東西の不朽の典籍を、良心的編集のもとに、廉価に、そして書架にふさわしい美本として、多くのひとびとに提供しようとする。しかし私たちは徒らに百科全書的な知識のジレッタントを作ることを目的とせず、あくまで祖国の文化に秩序と再建への道を示し、この文庫を角川書店の栄ある事業として、今後永久に継続発展せしめ、学芸と教養との殿堂として大成せんことを期したい。多くの読書子の愛情ある忠言と支持とによって、この希望と抱負とを完遂せしめられんことを願う。

一九四九年五月三日